HARD TIME

ハードタイム

DEADLOCK

外伝

英田サキ
Saki Aida

HARD TIME
ハードタイム
DEADLOCK
外伝

CONTENTS

HARD TIME

カバー・口絵／高階 佑

1

朝の光が眩《まぶ》しくて目が覚めた。というより眩しくて眠っていられなくなった。

ダグ・コールマンは朝日を嫌う吸血鬼のように、野太い唸《うな》り声を上げて寝返りを打った。寝返りを打つ前から何かがおかしいと感じていたが、その違和感は柔らかく沈み込むベッドマットの寝心地のよさと、頬《ほお》に触れるピローケースのすべすべした肌触りで確信に変わった。

——俺のベッドじゃない。

慌てて頭を上げて枕を見た。ふかふかの枕を包むピローケースは光沢のある白い生地で、おそらくはシルクだ。自分の枕であるはずがない。ダグが毎日使っている枕は、もっとぺしゃんこでくたびれているし、ピローケースに至っては生地がごわごわした安物のコットンだ。

ダグは自分が裸で他人のベッドに寝ているという事態に直面し、激しく動揺した。知り合いの家ならいいが、生憎《あいにく》とダグの友達にシルクのピローケースを使うような人間はいない。

恐る恐るベッドの片側を見た。隣に見知らぬ女が裸で横たわっていたらどうしようと不安に思いながら。だが誰もいなかった。ベッドにいるのはダグひとりだった。

ベッドの上で知らない誰かと対面するという気まずい瞬間が先送りになり、ひとまずほっとしたが、別に事態が好転したわけじゃない。

――どうしよう？　どうすればいい？

ダグは軽いパニック状態で部屋の中を見回した。

窓際に置かれたひとりがけ用のソファの背もたれに、自分の服が掛けられている。急いでベッドを下りて下着を穿《は》き、ジーンズに足を突っ込む。慌てすぎたのかつま先が引っかかり転びそうになった。

動くたび頭がずきずきと痛む。それに自分の酒臭い息にもうんざりする。昨夜は相当、飲んだようだ。だけどどこで？　誰と？　どんなふうに？

駄目だ。気が動転しているせいか、さっぱり思い出せない。

ソファとセットになった小さな丸いテーブルの上には、ダグの車のキーが置いてあった。携帯電話はジーンズのポケットに収まっていて、誰からも着信は入っていない。

ついでに時間を確認する。六時四十四分だった。ここがどこだかわからないが、いったん自分の家に戻り、着替えてから出勤しなくてはならないのでゆっくりはしていられないだろう。

天井まである大きな窓の向こうには、太平洋の海原が広がっていた。こんな状況でなければテラスに出て、のんびりと眺めてみたいと思うほど素晴らしい眺望だ。

ダグはシャツのボタンを留めながら、さらに部屋を見回した。余計なものがなくすっきりした部屋だが、殺風景というわけではなかった。

壁にはシンプルな白い額縁に納まった趣味のいい絵——といっても、ダグに絵画の善し悪しはわからないが——が掛けられ、窓際には不思議な形をした葉を持つ観葉植物が置かれている。麻《あさ》紐《ひも》を巻いてできたような、長い筒型のシェードを持つアジアンスタイルの洒落《しゃれ》たフロアスタンドを眺めながら、この家の住人はセンスのいいハイソサエティな人種に違いないと思った。

リッチな女性に気に入られてお持ち帰りされたのだとしたら、男としてそう悪い話ではないだろうが、相手のことをさっぱり思い出せないのはまずい。

昨日は仕事だった。そうだ。いつもどおりに仕事をした。

仕事が終わってから、どうしたっけ……？

順序を追って記憶をたぐり寄せていくと、すぐに思い出した。昨日はミランダと会ったのだ。久しぶりに電話がかかってきて、食事でもどうかと誘われたので職場を出たあと、カルバーシティにある自宅に戻り、シャワーと着替えを済ませてまた出かけた。

チャイナタウンのチャイニーズレストランでミランダと食事をした。

それから？　それから俺はどうしたんだ？

ダグは動物園の檻《おり》の中でうろうろする熊のように、部屋の中を行ったり来たりした。身体を動かせば思い出せるというわけではないが、じっとしていられなかった。

「そうだ！」

断たれていた回路が急に繋《つな》がったみたいに、昨日の行動が頭に浮かんできたので、思わず大きな声が出た。ダグはそんな自分に驚き、子供がするみたいに手で口を押さえた。声を聞きつけて誰か入ってくるんじゃないかと冷や冷やしたが、ドアは開かなかった。よかった。

落ち着こうと思いベッドに座った。思い出した。ミランダと別れたあと、ひとりでウエストハリウッドのクラブに行ったのだ。クラブなんて普段は滅多に行かないのだが、昨夜はどうしても行ってみたくなった。あることを確かめるために必要だと思って。

自分の足跡を辿《たど》っていくうち段々と記憶が蘇《よみがえ》ってきた。ダグはクラブでとびきりハンサムな年上の男と知り合った。

鮮やかな金髪に品のあるきれいな顔立ち。引き締まったスレンダーな身体。けれどまったくなよなよしていない彼はダグに優しく笑いかけてきた。まるで迷子の子供を気にかける親切な紳士のように。

クラブの喧噪《けんそう》の中で過ごした時間が、細切れの映像になって蘇ってくる。

男と一緒に店を出た。ダグの車を運転する男の横顔も覚えている。男の家についてから、さらに飲んだ気がするが、その後の記憶がいっさいない。

「起きてたのか、ダグ。おはよう」

ドアが開いてとびきりハンサムな男が入ってきた。シャワーを浴びたらしくバスローブ姿だ。長めの前髪は湿り気を帯び、きれいな額に張りついている。それをかき上げる彼の長い指は細くて優美だった。

「朝ご飯、どうする？　なんでもいいなら用意するけど」

親しげに話しかけてくる男には見覚えがあった。間違いなくクラブで知り合った相手だ。

朝の光が差し込む明るい部屋でよく見ると、昨夜はダークブルーに見えた瞳《ひとみ》が、実際はわずかに青みがかった灰色だとわかる。年齢は三十代半ばくらいだろうか。

「本当に残念だな。君の仕事さえなければ、ゆっくりしていってほしかったよ」

男は隣に腰を下ろしてダグを見つめた。微笑《ほほえ》んでいるが、どこかぎこちない印象を受けるのはなぜだろう。嘘《うそ》をついているからか？　本当は早く帰ってほしいと思っている？

反射的にそう考えてうんざりした。相手の態度や様子をつい分析してしまうのは職業柄だが、プライベートな時にまでその癖が出る自分は好きではない。

「ダグ。どうしたの？　さっきからずっと黙ってるけど」

「あ、いえ。俺は、その、実はですね」

昨夜のことをよく覚えていないと打ち明けようとしたその時、男の手が頬に添えられ、飛び上がりそうになった。すかさず手を払ったら、男はひどく傷ついたような表情を浮かべた。

「……どうして？」

「ど、どうしてって、何がです？　いきなり触られたら誰だって驚きますよ」

普通ならここまで極端な態度は取らない。だが彼はゲイだ。それははっきり覚えている。ゲイの男に触れられたら、どうしたって身体が逃げてしまうものだ。自分は悪くない。

「は。今さら何言ってるんだか。昨夜、あれだけ俺に触られたのに？」

男は鼻先で笑った。だがダグは笑えない。まったくこれっぽっちも笑えない。むしろ顔が引きつるばかりだった。

どういう意味だ、今の言葉は。

それってまさか、そういうことなのか――。

「すみません。俺、昨夜のことをよく覚えてないんです」

思い切って打ち明けたのに、男はどこか冷ややかな目で「へー。そうなんだ。それは大変だな」と突き放したような冗談で返してきた。信じてもらうしかないので、ダグは言葉を続けた。

「あなたとクラブで知り合って、それから店を出ましたよね。どうしてあなたの家に行こうって話になったのかも覚えてないんですが、とにかく俺はあなたの家に来た。そのあとの記憶がすごく曖昧《あいまい》で……」

ダグが冷や汗を滲《にじ》ませて説明すると、男の顔は見る見るうちに険しくなった。

「もういいよ、ダグ。昨日のことをなかったことにしたいんだろ？　だったら覚えていないとか回りくどいこと言ってないで、はっきりそう言えばいいじゃないか」

なんだかよくわからないが、覚えているのに忘れたふりをしていると思われているようだ。

「違うんです。本当に覚えてないんですよ。ちょっと飲みすぎたみたいです。普段、記憶がなくなるまで飲むことなんてないんですが……。とにかく泊めていただいて、ありがとうございました。ゆっくりしたいところですが、俺は仕事があるのでもう行かなきゃ。ところで、ここはどの辺りですか?」

できる限り愛想よく喋《しゃべ》ったつもりだったが、男はまるで薄汚い痴漢でも見るような目つきでダグを見ていた。

「あの……?」

「本当に覚えてないんだ。俺の名前も忘れてる?」

やっと納得してくれたらしい。ダグは「はい」と頷《うなず》いた。

「最悪だ。本当に最悪だよ。俺の名前さえ覚えてないだって? 昨夜、何回も俺の名前を呼んだくせに、君の頭は一体どうなってるんだ? 物忘れのひどい七十歳のジジイじゃあるまいし、本当にびっくりだよ」

吐き捨てるように言われ、顔が引きつった。何もそこまで言わなくてもいいだろう。

「そう言われても、本当に覚えてないものは覚えてないんです。あなたの名前を教えてもらえますか?」

男はダグをきつい目で見据えて、「ルイス・リデル」と言い返した。

ルイス——。そうだ。ルイスだ。

言われてみれば、確かに昨日、その名前を何度も口にした気がする。

「ここはマリブにある俺の家だ。昨夜、ここで、このベッドで君と関係を持ったんだけど、そのこともまったく覚えてないって言うわけ？　それとも男と寝たなんてことは最低最悪のおぞましい事態だから、とぼけて覚えてないふりをしているのかな？」

恐ろしく棘《とげ》のある口調だった。ルイスの整った顔は、怒りをたたえるとさらに整って見えた。美人は怒ると迫力が増すものだが、それは美男子も同じらしい。

もしかしたらと思っていたが、やはりルイスと寝たのだ。まったく覚えてないし、そんなこと信じたくもないが、ルイスが嘘をついて得する理由も思いつかない。

「すみません。それも覚えてないんです。それから俺はゲイじゃありません」

「だったら何？　俺が嘘をついているとでも言いたいのか？　じゃあこのベッドで俺とたっぷりファックしたクソ野郎は、一体どこの誰なんだろうな。もしかしたら俺が欲求不満のあまりつくりだした幻かな？　ハハーン？」

攻撃的な態度にダグは鼻白んだ。きれいな顔をして容赦ない物言いをする男だ。

「あなたが嘘をついているなんて言ってません。覚えてないけど多分、俺はあなたと寝たんだろうと思います。その可能性については否定しません。ただ俺はゲイじゃないので、昨夜のことは、その、魔が差したっていうか、どうかしてたっていうか。だから全部、忘れてください。本当にすみません」

ダグは気まずい気持ちでベッドから立ち上がった。ルイスには悪いが、もうこれ以上、話すことは何もない。

「帰ります」

歩きだしたダグの背中に何かが当たった。床に落ちたのはさっきまでダグが頭を載せていた、シルクのピローケースに収まったふかふかの枕だった。

「結局、君は何も飛び越えてないんだな。呆《あき》れたよ。馬鹿馬鹿しい」

振り返ると冷ややかなルイスの目がそこにあった。

「どういう意味ですか？」

「さあね。昨日の自分に聞けよ。俺が教えてやれるのはひとつだけだ。俺の尻に嬉しそうに頬ずりしていた昨夜の君は、ご馳走《ちそう》を見つけたピットブルみたいでとてもキュートだったよ。まるで初めてセックスを体験できた高校生みたいで、すごくがっついてた」

投げつけられた痛烈な皮肉にカッとなった。いくらなんでも男の尻に頬ずりなんてするわけがない。覚えていないと思って好き勝手を言ってくれる。

だが言い返したところで、この気まずい時間が長引くだけだ。ダグは苛立《いらだ》った気持ちを腹の奥に押し戻し、無言のまま部屋を出た。

前庭に駐《と》めてあったシビックに乗り込む前に、あらためて家の外観を眺めた。白い石積みの外壁に素焼きの赤茶色の瓦《かわら》。いかにも金持ちの別荘といった雰囲気が漂う南欧風の洒落た家だ。

ガレージにはＢＭＷのクーペが駐まっている。ルイスの車だろう。高級住宅地に建つ家としてはそれほど大きくないが敷地は広く、隣の家と恐ろしく距離が離れている。さすがは金持ちが多く住むマリブだと思いながら、ダグは車に乗り込んだ。

ルイスの家は高台に建っていて、道路を下っていくとすぐに海沿いを走るパシフィック・コースト・ハイウェイに出た。まだ時間が早いので渋滞の気配はない。

ダグは車を運転しながら、あらためて昨日の行動を振り返った。

ミランダとは大学時代に知り合い、四年ほど交際して別れた。社会人になってから多忙で会う時間が取れなくなり、そうこうしているうちミランダを他の男に取られてしまって破局したが、それは表向きの理由だった。

実際は関係を継続させようという前向きな意志が、当時のふたりにはもう残っていなかったので、ほとんど自然消滅に近かった。だからダグは嫉妬《しっと》を感じるどころか、ミランダの新しい恋人が彼女を幸せにしてくれたらいいと心から願ったほどだ。

相手への情熱を失ったカップルというものは得てしてさっぱりしたもので、ミランダとはその後も友人としてたまに食事をする程度のつき合いが続いていた。昨夜はチャイナタウンのチャイニーズレストランで食事をしながら、ミランダは自分の新しい恋人がいかに素敵な男なのかを語り、ダグは半月前に別れた彼女がいかにひどい女だったかを語った。

昔の恋人に別れた彼女の愚痴をこぼすなんて自分でも最低だと思ったが、ろくな話し合いもないまま、一方的に別れを切り出された怒りはまだ腹の底に燻《くすぶ》っていて、どうしても文句を言わずにいられなかった。

しかも別れ際に、あろうことか「ダグって本当はゲイなんでしょ。男友達と一緒にいる時のほうが、ずっと楽しそうじゃない」という捨て台詞《ぜりふ》まで吐かれたのだ。ひどい侮辱を受けたのだから、文句のひとつやふたつは言いたくなるというものだ。

ミランダはダグの話をひとしきり聞いたあと、判決を下す判事のような威厳に満ちた態度でこう言ったのだ。

「ダグ。気を悪くしないで聞いてね。私も彼女の意見に賛成よ。あなたってゲイじゃない？」

ミランダの発言は最悪のタイミングだった。ダグが小籠包《ショウロンポウ》にかぶりつくのと同時だったのだ。ダグは驚きのあまり慎重さを欠いた嚙《か》み方をして、熱い肉汁を口の中にあふれさせてしまい、慌てて冷たい烏龍《ウーロン》茶を口に流し込んだ。

「あら、大丈夫？　火傷《やけど》しなかった？」

「ミランダまで何を言いだすんだよっ。ひどいじゃないか！」

こんなひどい話はないと思った。ミランダにも、最近別れた恋人にも、ダグは誠実に向き合ってきたつもりだ。彼女たちが望むような、いい恋人ではなかったかもしれないが、ゲイだと指摘される理由なんてまったく思いつかない。

ミランダは「怒らないで聞いてよ」と言い返し、エビチリに箸《はし》を突き刺した。

「ダグって自分から女を口説いたことないでしょ？　言い寄られていい子だったらOKするけど、淡泊だからいつも最後は振られちゃうパターン。その別れた彼女のことも未練があって愚痴を言ってるわけじゃなくて、一方的な態度に腹を立ててるだけよね」

「だからって、どうして俺がゲイなんだよ。女に淡泊な男はみんなゲイなのか？」

「それに昔、一度だけ男にときめいたことがあるって言ってたじゃない。ダグは思春期にありがちな気の迷いだって言ってたけど、本当はそっちがあなたの本質じゃないかしら」

ダグの言葉を無視して、ミランダは自分の考えを淡々と口にした。疑問というより確信に満ちた言い方をされ、ダグは勘弁してくれと思った。

「あのさ、ミランダ。確かに俺は十四の時に、友達のジェシーに対して妙な気持ちを持ったよ。でもあれは勘違いだった。その証拠に男を意識したのは、あれ一度きりだ」

ミランダの記憶のよさには辟易《へきえき》した。ジェシーの話をしたのは確か大学生の頃だ。冗談交じりに話した十年前の寝物語を、今になってほじくり返されるとは思いもしなかった。

「否定したい気持ちはわかるけど、長年、あなたを見てきた私だからわかるの。あなた、恋人と一緒にいて心の底から満たされたことってないでしょ？　それはきっと無自覚のゲイだからよ。一度、試しに男とつき合ってみたらどう？　自分の本当のセクシャリティがわかるかもしれないわよ。そしたら本物の恋愛ってものが、わかるんじゃないかしら」

完全に決めつけられた。断固として抗議しようとしたが、ミランダは反論を許さなかった。ダグが口を開く前に「私、もう行くわ」と言いだしたのだ。

「彼が迎えに来る時間なの。ダグに会うって言ったら心配しちゃって。嫉妬深い恋人を持つと大変。でもまったく嫉妬してくれない男より、ずっといいわよね」

ミランダはにっこり笑い、自分の会計をテーブルの上に置いて去っていった。

嫉妬云々《うんぬん》は昔のダグに対する当《あ》て擦《こす》りだろう。ダグはミランダが男友達と遊びに行くと知っても、いつだって「楽しんでおいで」とにこやかに送り出したものだ。ミランダを信用していたし、異性に会うからといって、いちいち浮気を疑うのは馬鹿げていると思っていたからだ。

あとになってわかったことだが、ミランダはダグのそういう態度に寂しさと不満を感じていたらしい。女は男の嫉妬の度合いで愛情を測ろうとする生き物だということを、若い頃のダグは知らなかった。しかし知っていたとしても、演技で不機嫌を装うような真似《まね》はきっとできなかっただろう。良くも悪くもダグは真面目で融通の利かない実直な男だった。

ダグはミランダが帰ったあと、すぐに自分も店を出た。昔の恋人にゲイだと断言されて気分が悪かった。本気でむしゃくしゃして、どうにも気持ちが収まらない。

確かにダグはこれまで恋愛に対して、あまり積極的ではなかった。十代の頃は単に奥手だと思っていたが、二十代になってそれなりに女性慣れしてからも、情熱と呼べるほどの激しい感情を恋愛に注いだ覚えがない。ダグは決して冷めた性格ではなく、むしろ友人たちには暑苦しい性格だと笑われることが多い男だ。なのに恋愛にだけは、一度として暑苦しくなれなかった。

三十歳になって、そろそろ結婚というものを意識しだす年齢になったものの、恋人には逃げられてばかりだ。理由はわかっている。相手への関心が薄すぎるせいだ。こまめにデートに誘ったり毎晩おやすみの電話をかけたり、そんな恋人として当たり前のことができない。仕事が忙しいせいもあるが、それは体《てい》のいい言い訳にすぎないことも気づいていた。

去っていく恋人たちに対して、いつも申し訳ない気持ちでいっぱいだったが、その一方で自分の運命の相手はあの子じゃなかった、いつかそのうち自分を夢中にさせてくれる女性が現れるはずだとも思っていた。

だが、もしもミランダの言うとおり、自分が本当はゲイなのだとしたら、そんな相手は一生見つからないことになる。本当は猫が好きなのに、そのことには気づかず犬しかいないペットショップをうろうろしては、理想のペットがいないと嘆いているようなものだ。

他人にゲイだと指摘されただけで自分の性癖に疑いを覚えるのは、ダグ自身が心の奥底でそのことに漠然とした不安を抱えていたからだろう。女性に関心が薄いからといって、それでゲイだと考えるのはあまりに短絡的だが、残念ながらダグには前科がある。少年時代に同級生のジェシーにときめいたという前科が。

ジェシーはスポーツも勉強もクラスでトップの少年だった。顔も可愛く整っていて、そのうえ性格までよかった。大きな図体のわりに内気だったダグのことを気にかけてくれ、いつも遊びに誘ってくれた。早い話がダグにとって身近なヒーローのような存在だったのだ。

ジェシーはスキンシップを好む少年だった。頭を叩《たた》いたり、腕を摑《つか》んだり、肩をぶつけてきたりと少々荒っぽくはあったが、よくダグの身体に触れた。ふたりでベッドに転がってゲームをしている時なども、気がつけば腕や足が触れ合ったりしていて、いつしかダグはジェシーを強く意識するようになっていた。

ジェシーが女の子と話をしていれば気になって仕方がなかったし、他の男の子と楽しそうに遊んでいれば嫉妬した。そんな自分に混乱したが、男として格好いいジェシーに憧《あこが》れていたので、あくまでも友達としての独占欲だと思い込むことで、心の底にある得体の知れない感情からは目をそらし続けた。

ダグの不安な日々が呆気《あっけ》なく終わった。ジェシーが父親の仕事の都合でサクラメントに引っ越すことになったのだ。しばらくは葉書などを送り合っていたが、それもいつしか途絶えてジェシーはダグの世界から消え去り、今はどこで何をしているのかもわからない。

ジェシーがいなくなってからは同性に惹《ひ》かれることもなく、あれは思春期にありがちな一過性の間違った感情だったと思えるようになったが、男にときめいた――はっきり言ってしまえば恋心を持った経験は、十代のダグにとっては苦くて恥ずかしい記憶でしかなかった。

高校時代にはこんなこともあった。高校に入ってフットボールを始めたダグは、レギュラー選手にも選ばれ、毎日楽しく練習に励んでいた。

チームメイトにアンドリューという同級生がいた。強肩のクォーターバックとして将来を有望視されていたが、それを鼻にかけることもなく温厚でいい奴だった。けれどダグは彼と親しくなることを恐れた。彼はどことなくジェシーに似ていたのだ。一緒にいると嫌でもジェシーを思い出してしまう。それが嫌だった。

前途洋々に思われていたアンドリューだったが、ある時、夜の公園で男とキスしている姿を目撃され、ゲイだという噂《うわさ》が広まった。事実かどうかわからなかったが、それ以来、アンドリューをあからさまに避けたり、中には子供じみた嫌がらせをする連中もいて、彼は結局、フットボールをやめてしまった。

手のひらを返したようにアンドリューを軽蔑《けいべつ》する仲間たちを見て、ダグはジェシーに惹かれたかつての自分を、ますます否定するようになった。

ミランダにあえて聞かせたのは笑い話にしてしまうことで、あれは深刻な事件ではなく、子供時代の愚かしい勘違いだったと、ダグ自身が思いたかったからではないか。

ダグは唐突に自分の本当の性癖を確かめたくなった。というより、ゲイじゃないということを証明したくなった。

もしミランダの言うとおり、実際は男のほうが好きで女を愛せない人間なら、これからの人生が大きく変わってくる。結婚して子供をつくり、いつかは家を買って、休みの日は子供と一緒に芝刈りをする。そんな普通の人生は、自分がゲイだったなら望めなくなるのだ。

嫌だ。自分は普通でいい。普通の人生を送りたい。

絶対にゲイなはずがない。ジェシーのことは思春期の幼い過ちだし、女性に淡泊なのも世間ではよくある話だ。だから違う。違うに決まっている。

焦りにも似た気持ちが募り、手っ取り早くゲイかどうか確認できる方法はないかと考えた末、ダグはゲイが多く集まるウエストハリウッドのクラブに行こうと思いついた。

深い意味はない。ゲイだらけの場所に行き、どれだけ居心地が悪いか、どれだけ気分が悪くなるか、それが知りたかった。安直な発想だがそういう自分を見ることで、やっぱりゲイじゃないと安心したかったのだろう。

いったん家に帰り、スーツからカジュアルな服装に着替えて再び出かけた。どの店がいいのかなんてわからないので、以前、仕事で訪れたことがあるクラブにした。

騒がしい音楽が鳴り響くフロアには、大勢の男たちが踊っていた。やたらときれいな男、ナルシストっぽい男、マッチョな男、なよなよした男。ひと目でそうとわかる連中ばかりで、望んだとおり、どうにも居心地が悪かった。心が弾むこともなければ、親近感や仲間意識を感じることもない。何人かに声をかけられたが、とてもではないが楽しく会話することなど無理だった。

やっぱり違う。ここは自分の居場所じゃない。ダグは妙な安堵《あんど》感を覚えながら目的は済んだとばかりに帰ろうとしたが、不注意で金髪の男とぶつかり、手に持っていたドリンクをこぼして相手の白いシャツにしみをつくってしまった。

謝罪してクリーニング代を支払わせてくれと頼んだが、相手の男はダグの申し出を拒んだ。そういうわけにはいかないと食い下がると、だったらジントニックを一杯、奢《おご》ってくれないかと言われ、ダグはすぐジントニックを買ってきて手渡した。

そのまま帰ろうとしたが、「こういう場合、飲み終えるまで相手をするのが礼儀だと思うけど?」とからかわれた。不思議と嫌な感じはせず、ダグももう少し話をしてみたいと思い、その場に留まった。それがルイス・リデルとの出会いだった。

ルイスは品のある顔立ちをした美男子で、いかにもゲイといったあからさまな雰囲気はまったくなく、気さくで喋りやすかった。一緒に来ているケニーという友人を紹介されたが、それは少し前にダグに声をかけてきた大柄な黒人だった。アスリートのように筋肉質の立派な体格をしているが言葉遣いや仕草は女性的で、そのミスマッチさが際だっていた。ひとことで言うなら、ケニーは明るくて気のいいオカマだった。

ケニーはルイスがダグをナンパしたと勘違いしたらしく、「邪魔者は消えてあげるわ」とウインクして、その場からいなくなってしまった。ダグはルイスに問われるまま、この手の店に遊びに来たのは初めてだと告白した。ルイスは「そうだと思った」と笑い、「ゲイじゃないんだろう?」と尋ねてきた。ルイスならわかってくれるのではないかと思い、ダグは酒の勢いに任せて、実はゲイ疑惑をかけられて困っていると打ち明けてしまった。

ルイスはまるでカウンセラーのように真剣に話を聞いてくれたし、ダグの不安や戸惑いにも大きな理解を示してくれた。そのうえでこう言った。

「君って真面目なんだな。何も無理に答えを出さなくてもいいんじゃないか？　自分がゲイかどうかは、これから先、君がもし男に惹かれることがあったら、その時に真剣に考えればいいと思うけど」

そのひとことで、ダグの気持ちは驚くほど楽になった。そうだ、そのとおりだと思い、急に楽しい気分になってきた。今、現在、好きな男がいるわけでもないのに、深刻になりすぎた。

ダグは自分の心を楽にしてくれたルイスに感謝し、何杯もグラスを空けた。それから先は記憶が曖昧だ。ルイスにうちに来て飲み直さないかと聞かれ、上機嫌で頷いたような気がする。

なぜ頷いたのだろう？

いくらいい気分だったとはいえ、断るべきだった。

親切な男でも相手はゲイだ。ついていけばどうなるかくらいわかっていただろうに。いや、酔って正常な判断力を失っていたから、ついていったのか。ゲイの男に誘われて、のこのこついていった自分が何もかも悪いのだ。

ダグはハンドルを握りながら重い溜《た》め息《いき》をついた。自分の浅はかな行動が悔やまれる。ルイスにしてもセックスした相手に、朝になったら覚えていない、忘れてくれと言われたのだから腹が立つ話だろう。

ルイスには本当に申し訳ないと思ったが、昨夜は酔っていたから男とセックスできたのだ。夜が明けて酒が抜けてしまった今は、もう一度同じようにしろと言われても到底、無理な話だった。

やはり自分の本質はゲイじゃない。昨夜のことは全部、間違いだ。

だったら早く忘れたほうがいい。というより忘れるしか方法がないのだから。

2

自分のアパートメントに戻ったダグは熱いシャワーを浴び、スーツに着替えた。ワイシャツの上からいつものように、グロックが差し込まれたホルスターを装着する。

昨夜は規則を破ってバッジとＩＤカード、それに拳銃も自宅に置いて出かけた。その選択は正解だった。おかげでルイスに警察官という職業を悟られずに済んだ。

身支度を済ませたダグは本棚の前に立ち、ぎっしり詰まったミステリ小説の背表紙を眺めた。意味はないが、毎朝の儀式みたいなものだ。こうしていると気持ちが落ち着く。

所有している本は古典的名作から最近の作品まで様々だ。ひとくちにミステリといっても、サスペンスもあれば警察小説もあるし、ハードボイルドもスパイ小説もある。

ダグが刑事を目指したきっかけは、子供の頃に読んだエド・マクベインの87分署シリーズだと言っても過言ではないだろう。図書館で借りて読み始めて、当時、三十冊以上あった既刊を読破した。難しくてわからない部分もあったが、警察の仕事に憧れて夢中で読んだものだ。

刑事の仕事をしていると、やっぱり小説はよくできたフィクションだよな、としみじみ実感する。現実の刑事はヒーローではなく、ただの公務員だ。それでも警察官の仕事には誇りを持っているし、自分の天職だとも思っている。

自分が警察官になってからは、さすがに警察小説は読みづらくなってきた。ついつい現実と比べて、目が厳しくなるからだ。純粋に楽しめないので、このところはもっぱら探偵小説かハードボイルドを読んでいる。

ダグの最近のお気に入りは、エドワード・ボスコという作家だ。デビューしてまだ五年ほどの新鋭作家だが、すでに十二冊の作品を出していて、どれも外れがなくて面白い。今、一番新作が待ち遠しい作家だ。

「おっと。もうこんな時間か」

ダグは時計を見て慌てた。自分の家の本棚を眺めていて遅刻しましたとは、口が裂けても言えない。髭《ひげ》を剃《そ》る時、右頬に引《ひ》っ掻《か》いたような傷ができているのに気づいたが、絆創膏《ばんそうこう》を貼るほどの傷ではないので、そのままにして家を出た。

勤務先はパーカーセンターと呼ばれるロサンゼルス市警本部。ダグは一か月前に分署の殺人課から、本部の強盗殺人課へ異動になったばかりの刑事だ。パーカーセンターの強盗殺人課で働くことはダグの夢だったから、私生活はパッとしなくても仕事面の順調さで、どうにか収支のバランスが取れていると思えなくもない。

庁舎に入ってエレベーターを目指して歩いていたら、誰かに肩を叩かれた。

「この世の終わりみたいな冴えない顔してるじゃないか。寝不足か？」

同じ課のパコことフランシスコ・レニックスだった。スーツ姿で小脇に新聞紙を挟み、コーヒーの入った紙コップを持って颯爽《さっそう》と歩くパコは、刑事というよりは有能なビジネスマンのように見える。

「二日酔いなんです。昨日はちょっと飲みすぎてしまって」

苦笑混じりに答えると、パコは「ああ、確かにそんな顔だな」と白い歯を見せて笑った。ダグはこの先輩刑事が好きだった。男らしく整った風貌《ふうぼう》そのままのさっぱりした性格で面倒見もよく、同じチームの一員になった新入りのダグのこともよく気に掛けてくれる。

「その傷、どうしたんだ？」

「わかりません。朝、起きたらできていたんです」

正直に答えたのに、「女に引っ掻かれたんじゃないのか？」と冷やかされた。

「まさか」

笑って答えたが、もしかしたらセックスの最中にルイスに引っ掻かれたのだろうかと思ったら、顔が引きつりそうになった。

「女といえば、サラ・ミグラー知ってるだろ。部長の秘書の」

「ええ。すごい美人ですよね」

「その美人が、お前に気があるみたいだぞ。彼女はいるのかって俺に探りを入れてきた。少し前に別れたみたいだって教えてやったら、嬉しそうにガッツポーズ決めてた。あの子は美人だけど性格もいい。早いとこ口説いてやれ、色男」

ばしっと背中を叩かれ、ダグは「いや、だけど」と慌てた。

「彼女と俺じゃあ、絶対に釣り合わないですよ」

「謙遜《けんそん》するな。お前も十分、二枚目だ。俺には遠く及ばないがな」

パコは自分のジョークに自分で受けて大笑いした。

「なんなら俺がデートをセッティングしてやろうか?」

「いいです。俺、今はまだ新しい恋人をつくる気になれなくて。だからすみません」

「本当にいいのか?　あんな美人を袖《そで》にするなんてもったいないな」

確かにもったいない。だがまったく心が弾まないのだから、断ったほうがいいだろう。無理してつき合っても、また愛想を尽かされて振られてしまう。

「おーい、パコ!　待ってくれよーっ」

背後から大声で名前を呼ばれたパコは、やれやれと言うように嘆息した。ダグも振り返らなくても誰かわかった。あの声はパコの相棒の黒人刑事、マイク・ハワードだ。

「おお、ダグも一緒だったか。おはよう」

「おはようございます。……松葉杖で通勤するのは大変ですね」

マイクは「平気平気」と明るく答えて、松葉杖をつきながら近づいてきた。ギプスが装着された右足だけサンダルを履いている。

「まだ休んでろよ。その足で無理して出勤してこなくてもいいだろう」

「嫌だねー。家にいたって暇じゃねえか。俺さまは働き者だから、この機会に気になっていたファイルの整理に取り組んじゃうもんね」

先週の金曜日、マイクは犯人と格闘して階段から転げ落ち、右足の甲を骨折した。完治するまで労災で休めるのに、昨日からもう仕事に復帰して内勤に励み始めた。明るく陽気な男だからマイクがいるだけでオフィスの雰囲気が和むのはいいのだが、お喋りが過ぎるので相手をするのに少々疲れる。

「お前、細かい仕事が好きだもんな。税理士にでもなればよかったのに」

「なれるもんならなりてえよ！　俺が税理士だったら金持ちどもの脱税の手伝いして、自分の懐にもガッポガッポだぜ」

ゲラゲラ笑いながらマイクがエレベーターに乗り込んでいく。パコとダグは苦笑を浮かべて目配せし合い、マイクのあとに続いた。

「失礼」

扉が閉まりそうになる寸前、アジア系の青年が滑り込んできた。ほっそりした身体を軽やかに捻らせ、閉まりかけのドアにまったく触れずに入ってきた。ダンスのステップを踏むような、しなやかな身のこなしだった。

「身体の切れがいいな。さてはダイエットでもしただろ」

パコが男に話しかけた。男はパコの冗談に小さく微笑み、「大当たり」と返した。

「三十にもなると油断すればすぐに腹が出てくるからな。毎朝、十キロ走って腹筋と背筋と腕立て伏せを百回してる」

「笑えない冗談だな、ユウト。そんなに運動したら寝込んじまうぞ」

マイクがげんなりした表情で口を挟んだ。ユウトと呼ばれた男は「松葉杖が取れる頃には、マイクの腹がどれだけたるんでいるのか楽しみだよ」と軽口を叩き、途中の階でエレベーターを降りていった。

「さっきの人は誰ですか?」

強盗殺人課の部屋があるフロアでエレベーターを降りてから、パコに尋ねた。

「ユウト・レニックス。俺の弟だ。お前と同じ年だな」

麻薬捜査課にパコの弟がいるという話は聞いていたが、ユウトはどう見ても東洋人なので驚いた。パコはダグの抱いた疑問に気づいたのか、すぐに親同士の再婚で日系人のユウトと兄弟になった事情を教えてくれた。

当然、メキシコ人のパコとは似ていないが、人目を惹くハンサムな部分は同じで、人種は違っても揃《そろ》って見た目のいい兄弟だと感心した。

「ユウトは女性にもてるんでしょうね」

自分と同じ年らしいが、ユウトのほうが断然若く見える。軟弱な感じはしないのに、どこか少年めいた透明感が残っていて、理屈ぬきに女性が好意を持つタイプに見えた。

「もてても関係ないみたいだな。あいつは自分の恋人に首ったけだから」

「へえ。ユウトの恋人ってどんな人ですか?」

さぞかし美人なんだろうと思い尋ねたのだが、パコは少し難しい顔つきで「……ブロンドのナイスバディ」と答えた。するとマイクが「確かにな!」と大笑いした。

「男ならみんな憧れるナイスバディだぜ。ヒャハハ」

やけに受けているマイクを見て、何がそんなに可笑《おか》しいのだろうと不思議に思った。

オフィスに入るなり、パコが内線で課長のマコーネルから呼び出しを受けた。一緒に来いと言われたので、ダグもガラス張りのマコーネルのオフィスに向かった。

「パシフィックパラセイズの住宅で男性の変死体が見つかった。すぐ現場に向かってくれ」

「分署からの要請ですか?」

パコが確認した。パシフィックパラセイズで変死体が発見されたなら、通常は分署のウエストロサンゼルス署の殺人課の担当だ。難事件や特殊な事情がある場合のみ、本部が捜査を引き継ぐことになる。

「いや、上の判断だ。被害者はディビッド・コリンズ。自宅で死んでいるのを、訪ねてきた弟が発見した。現場には分署の捜査官と鑑識が行ってる。コリンズの職業は映画プロデューサーで、業界では名の知れた男だったらしい。顔も広かったようだな。市長の知人で地方検事とは釣り仲間ときている。これがどういう意味かわかるな？」

マコーネルは苦虫を嚙み潰《つぶ》したような渋い表情をしている。パコは余計なことは言わず現場の住所だけを確認し、ただちに出発すると告げてマコーネルのオフィスを出た。

「マイク。俺とダグはこれから現場に向かう。住所はパラセイズのウィノラ通り３０５６だ。他の連中が出勤してきたら、すぐ追いかけるように言ってくれ」

「了解。ダグ、俺の分まで頑張ってこいよ」

マイクが捜査に出られない間は、ダグがパコと組むことになっているのだ。パコはこの若さでもうチームを率いている。強盗殺人課にはたくさんのチームがあるが、おそらくパコが一番若いチームリーダーだろう。一時的でもそんな彼の相棒役を任されるのは光栄なことだし、一緒に捜査をしながらいろいろ学びたいと思っていた。

ふたりはダグのシビックに乗り込みパーカーセンターを出た。反対車線の渋滞を尻目に車はサンタモニカ・フリーウェイをひた走り、そのままパシフィック・コースト・ハイウェイに入っていく。方向こそ違うが、ほんの一時間半ほど前に通ったばかりなので変な感じがした。

コリンズの自宅は、山の手の高級住宅街の一画に建っていた。青々とした芝生が広がる美しい庭。大人数でのパーティーが開けそうな立派なプールサイド。ガレージには数台の高級車。絵に描いたようなセレブの豪邸だ。

「ダグ。俺は生まれ変わったら絶対に映画プロデューサーになるぞ」

パコが皮肉混じりに言う。確かに文句なしの素晴らしい家だ。しかし住宅地の最奥部なので裏手には山が広がり、隣家は離れすぎて屋根しか見えない。捜査する側から見れば、目撃者探しは諦《あきら》めろと言われているような最悪の立地だった。

ふたりは家の前に立つ制服のパトロール警官にＩＤカードを見せ、黄色い立ち入り禁止テープをくぐった。玄関前にいた警官からビニールのシューズカバーと手袋を受け取り、手足に装着して室内に入っていく。

広いリビングルームに足を踏み入れると、ふたりに気づいたスーツ姿の男が近づいてきた。鷲鼻《わしばな》の痩身《そうしん》の男は、ウエストロサンゼルス署の殺人課のトラビスと名乗った。

トラビスはまずリビングの床に倒れているコリンズの遺体を見せた。白いバスローブを着たコリンズは、俯《うつぶ》せの状態で床に倒れて事切れていた。年齢は四十代前半くらいだろうか。きれいに手入れされた指の爪が、やけに目につく。コリンズの死体の周囲には、煙草《たばこ》の吸い殻や灰が散乱していた。

毛髪がやや薄くなりかけた頭には、黒く変色した血がべったりとこびりついている。背後から鈍器で後頭部を殴打されたようだ。

トラビスは管轄区内の事件を本部に持っていかれる腹立たしさはおくびにも出さず、これまでにわかっている事実を淡々と説明した。

「死後、約九時間といったところです。解剖に回してからでないと断言はできませんが、他に外傷もないので死因はおそらく頭蓋《ずがい》内損傷でしょうな。凶器はあの灰皿」

コリンズのそばに血痕《けっこん》が付着した、ガラス製の丸い灰皿が落ちていた。かなり厚みもあり、しっかりしたつくりだ。あれを頭に振り落とされたらひとたまりもないだろう。

「争った形跡はなく、室内も荒らされていない。犯人はあちこちの指紋を拭《ふ》き取ったうえ、防犯カメラの映像が録画されたレコーダーも持ち去っています」

顔見知りによる犯行の可能性が高いというわけだ。捜査対象者が絞られるので、格段に仕事はやりやすくなる。

「発見者は被害者の弟だと聞いてますが」

「ええ。弟のアラン・コリンズです。中古車販売店のオーナーだそうです。一緒にゴルフに行く約束をしていたので、九時頃に車で迎えに来て、コリンズの死体を発見。玄関の鍵はかかっていなかったと言ってます。アランの昨夜の行動については、妻がずっと自宅にいたと証言していますが、電話で確認しただけなのでまだなんとも言えませんな」

「アランは今どこに？　話は聞けますか」

パコが聞くとトラビスは「隣の部屋にいます」と顎《あご》で指し示した。

「アラン本人は、まったく犯人の見当がつかないと言ってます」

「コリンズは誰ともトラブルを起こしていなかったというわけですか？」

ダグの質問に対し、トラビスは「逆です」と頭を振った。

「やり手のプロデューサーだったコリンズは、強引な仕事ぶりであちこちから恨みを買っていたそうです」

トラビスに案内されてダグとパコは隣室に移動した。そこはプロジェクターと大きなスクリーンが設置された窓のない部屋だった。立派なシアタールームがあるのは職業柄だろう。映画のソフトで埋め尽くされた壁面いっぱいの棚は、なかなか壮観な眺めだった。

アランはぐったりした様子で、黒い革張りのソファに腰掛けていた。パコとダグはそれぞれ所属と名前を名乗り、青白い顔をしているアランと握手をした。アランは三十代半ばくらいの年齢で、顔立ちはコリンズとはあまり似ておらず、少しおどおどしたところのある神経質そうな男だった。

「ゴルフに行く約束をされていたそうですが、お兄さんと最後に会われたのはいつですか？」

「先週の火曜日です。一緒にランチを食べました。その時にゴルフの約束をしたんです」

「では最後に話したのは？」

「昨日です。明日の迎えの時間を確認しようと思って、自宅から電話をかけたんです。夜の十時くらいでした。兄は家にいて、すごく機嫌が悪かった」

ダグはすかさず「理由はわかりますか？」と尋ねた。アランは「仕事が順調じゃない時は、兄はいつも怒ってますよ」と肩をすくめた。しかしそれだけの説明では足りないと気づいたらしく、すぐにコリンズの不機嫌の理由について話し始めた。

「兄は昨日、エドワード・ボスコに会ったそうです。知ってますか？『罪人の鐘』や『聖者の罠』を書いた作家です」

「知ってます。『アーヴィン&ボウ』シリーズなら全部、読んでます」

即答したらパコに意外そうな顔をされたので、少し恥ずかしくなった。警察官がミステリ小説を読んではいけないという決まりはないが、なんとなくばつが悪い。

「ボスコの作品の映画化権を、兄は獲得したがってました。それで昨夜はボスコのエージェントも交えて、レストランで食事をしたそうです。詳しくは知りませんが、兄は何年か前まではボスコと親交があったみたいですね。でも関係がこじれたままだったらしく、昨日は久しぶりの再会だったにもかかわらず、喧嘩《けんか》になって険悪なムードで別れたそうです。感情のもつれがあるから、ボスコは映画化権を自分に渡さないだろうと兄は電話口で苛立《いらだ》ってました」

アランが唇を閉じた時、同じチームのモンテスが入ってきた。

「パコ、遅くなってすまない。今着いた。全員揃ってる」

パコとダグは廊下に出た。パコはモンテス、ハンティントン、クーパー、カーソンに知り得た情報を手短に伝え、それぞれにコリンズの交友関係の洗い出しや周辺の聞き込みなどの指示を与えた。

「ダグは俺と一緒に来い。ボスコに会いに行くぞ」

コリンズが殺される数時間前に喧嘩をした相手だ。当然、真っ先に話を聞く必要がある。アランはボスコの家がどこにあるのか知らなかったが、コリンズがいつも持ち歩いている鞄《かばん》の中にアドレス帳が入っており、そこにボスコの名前と住所が記載されていた。

ボスコの家はマリブにあった。反射的にルイスのことを思い出し、妙な偶然の一致に顔が引きつった。早く忘れてしまいたいのに、またもやマリブに行かなくてはならないらしい。


「この家のようだな。行こうか」

助手席のドアを開けてパコが車から降りていく。ダグは運転席で身じろぎもせず、目の前に建つ家を呆然《ぼうぜん》と眺めた。

——あり得ない。絶対にあり得ない。こんなことは起こるはずがない。

「ダグ？　何してるんだ。早く降りろ」

ダグがハンドルを握ったまま凍りついていると、パコが苛立ったように運転席のドアを開けた。腹の調子が悪いとかなんとか言い訳して車内に留まりたいと思ったが、険しい顔つきで自分を見ているパコの視線に逆らえず、ダグはのろのろと車を降りた。

パコの指示どおりに車を走らせていたら、どんどんルイスの家に近づいていき、やばいな、ボスコの家はルイスの家の近所なのか、と憂鬱《ゆううつ》な気持ちになった。しかし着いてみると近所どころか、そこはずばりルイスの家だった。

こんな偶然は信じられなかった。本当にここがボスコの家なら、ルイスはボスコの同居人だったことになる。

逃げ出したい気持ちを必死で抑えつけてパコの後ろに続いた。ほんの数時間前、テラコッタタイルが敷き詰められたこのエントランスを最低の気分で歩いたものだが、今のほうがもっと最低で最悪な気分だった。

これは一体なんの罰なんだ？　一夜の過ちを犯した行きずりの相手の家に、今度は刑事としてやって来る。ルイスが出てきたら、どういう顔をして挨拶《あいさつ》をすればいいのだ。

そんな追いつめられたダグの気持ちになど気づきもせず、パコは軽やかにポーチを駆け上がりチャイムを押した。

しばらくしてドアが開き、ルイスが現れた。ルイスはパコを見て、それからダグを見て、悪徳セールスマンがやって来たかのような顔つきになった。恐ろしくて目も合わせられない。

「突然、申し訳ありません。ロス市警のレニックスと申します。彼はコールマンです」

パコがＩＤカードを出したのでダグも倣《なら》った。ルイスはパコのＩＤカードには目もくれず、ダグのＩＤカードをにらむように見つめた。気持ちはよくわかる。

「こちらは作家のエドワード・ボスコさんのお宅ですよね。ボスコさんはご在宅でしょうか」

「ボスコにどういうご用件ですか？」

「ディビッド・コリンズさんのことで、伺いたいことがあるんです」

ルイスは「ディビッドのことで？」と怪訝《けげん》な表情を浮かべた。

「ディビッドがどうかしたんですか？」

「あなたもコリンズさんをご存じなんですね。お名前を教えていただけますか」

「ルイス・リデルです。それより、ディビッドがどうしたんです？」

パコは事務的な口調で「亡くなりました」と告げた。ルイスはショックを受けたように黙り込み、しばらくして小刻みに震える唇から「そんな」という呟《つぶや》きを漏らした。

「どうして？　なぜ死んだんです？」

「自宅で何者かに殺害されました。昨夜、コリンズさんは、ボスコさんと食事をご一緒されたと聞いています。その時の様子を教えていただきたいんです。ボスコさんを呼んでいただけますか？」

ルイスは青ざめた顔で「俺です」と口を開いた。

「俺がエドワード・ボスコです。ボスコはペンネームなんですよ」

その可能性については、まったく考えてもみなかった。ファッションモデルのような洗練された容姿を持つルイスは、硬派な作風からイメージするボスコ像からはあまりにかけ離れている。

ダグは勝手に髭面の苦み走った男を想像していた。

ルイスはふたりを海が一望できるリビングルームに案内した。窓際に置かれた高価そうな白いソファの上には、白い生地と同化したような真っ白な生き物が寝そべっていた。毛がふさふさした長毛の猫だ。

「スモーキー、どきなさい」

ルイスが声をかけると猫は言葉を理解しているかのように、さっとソファから飛び降りてどこかに行ってしまった。

ルイスはソファに座ってから「煙草、吸ってもいいかな?」と尋ねた。パコは「どうぞ」と答え、煙草を吸い始めたルイスに、昨夜の行動について質問を開始した。ルイスは形のいい眉をつり上げた。

「何? 俺、もしかしなくても疑われてるの?」

「気にしないでください。すべての関係者に尋ねることです」

「なるほど。俺も小説の中で刑事によくそんなふうに言わせるけど、実際に自分が疑われる立場になると、こんなにも腹が立つものなんだな。いい勉強になったよ」

パコはルイスの静かな怒りを魅力的な笑顔でかわし、「コリンズさんから映画化の申し出があったんですよね?」と話を続けた。

「あったよ。今年の五月に出版された『ブラック・ティアーズ』の映画化オファーは、他にもいくつか来てたけど、俺のエージェントのキム・ロズリーはディビッドに任せたがっていた。それで昨日の食事会をセッティングされたんだ。正直、ディビッドに会うのは気が進まなかったけど、俺はキムを信頼している。どんなことも彼女の進めるままにやってきて間違いはなかった。だから彼女にどうしてもって頼まれて断れなかったんだ」

ダグはボスコのファンなので『ブラック・ティアーズ』も読んでいる。それまで硬派なハードボイルド路線で売ってきたボスコが、初めて女性を主役にして書いたサスペンス色のつよいミステリ作品で、若い女性層にも受けて出版から半年近くが過ぎた今もまだ売れ続けている。

「コリンズさんとは、もともとどういうご関係ですか？」

ルイスはなぜかダグをちらっと見てから、やや投げやりな口調で「昔の恋人」と答えた。パコはまったく動じず「そうでしたか」と頷いたが、ダグは自分のことを言われたわけでもないのに、ルイスのカミングアウトに冷や汗をかいた。

「昨日は五年ぶりの再会だったけど、ディビッドの出してきた条件が気に入らなくて、交渉は早々に決裂した。だから一緒にいたのは、一時間にも満たなかったと思う」

「具体的には何が気に入らなかったんでしょう」

「不満はいくつかあったけど、一番はディビッドの公私混同だ。ディビッドはレストランに自分の恋人を連れてきていたんだ。ウエイン・スミスっていう若くてハンサムな青年だった。俺はまったく知らないけど、売り出し中の役者らしい。ディビッドはそのウエインに、ヒロインの恋人役をやらせたいと言ってきたんだ。ウエインは全然あのキャラクターのイメージじゃない。だから俺は無理だとはっきり断った。なのにディビッドは原作どおりの地味なキャラクターだと女性ファンの心を摑めない、ウエインを起用すればロマンスの要素も売りにできると言い張った。頭にきた俺は、席を立ってレストランを出た」

「そのあとはどこへ？」

「キムの車で来ていて足がなかったし、腹の虫も治まらなかったから、友人を呼び出してウエストハリウッドのクラブに行ったよ」

パコはクラブの名前と一緒に行った友人の名前と連絡先を訪ねた。思ったとおり、その友人はダグも話をしたケニー・ベイカーだった。

「ずっとベイカーさんとその店にいたんですか？」

「いいや。ケニーとは途中から別行動になった。ケニーと別れてからは、クラブで知り合った男とずっと一緒にいた。言ってもいいのかわからないけど、言わないと俺の立場が悪くなりそうだから言っておく。――ちなみにその男っていうのは彼だ」

ルイスに指を差されたダグは息を吞《の》んだ。覚悟はしていたが、実際にその瞬間がやって来ると心臓が止まりそうになった。心拍数は急上昇し、手も汗ばんでくる。

パコは最初、冗談だと思ったのか笑いを浮かべかけた。しかし顔を強張《こわば》らせているダグに気づき、いっさいの表情を消した。

「クラブでダグと意気投合して、うちに来ないかって誘ったんだ。ダグはかなり酔ってたから、俺が彼の車を運転して帰った。で、家に着いてからふたりで飲み直した。彼は酔いつぶれてこのソファで眠って、俺は自分のベッドに行って寝た。ふたりとも朝までぐっすりね」

胸を撫で下ろした。ふたりが寝たことは、パコには言わないでいてくれた。

「ダグ。リデルさんが言ったことは本当なのか？」

「はい。事実です。すみません、言うのが遅くなって」

「遅くなったじゃないだろう」

平静を装っているがパコの目には強い怒りの色があった。怒って当然だ。ダグは心から反省しながら「本当に申し訳ありません」と謝った。

「あんまり怒らないでやってよ。彼、すごく酔ってたから、昨夜のことはあんまり覚えてないんだ。朝、起きた時もここはどこ、あんたは誰って感じで、すごくうろたえてた。……でも驚いた。まさかダグが警察官だったなんてね。刑事さんがアリバイを証言してくれるんだから、こんな力強いことはないな」

ルイスはそう言って笑ったが、ダグを見る目は冷ややかだった。かばってくれたがダグの無礼を許したわけではないらしい。

「コリンズさんの自宅には、最近、行かれましたか？」

パコの質問にルイスは「ないね」と答えた。見るからに不愉快そうな表情だ。

「昨夜が五年ぶりの再会だと言ったはずだ」

「そうでしたね。申し訳ありません」

パコがエージェントのロズリーの連絡先を聞いていると、玄関のチャイムが鳴った。

ルイスが「ケニーだな」と言ったので、パコは「クラブで一緒だったベイカーさん？」と聞き返した。

「そう。ケニー・ベイカー。職業は脚本家。俺と同じ年。古くからの友人で、別の言い方をするならゲイ仲間。朝、すごくむしゃくしゃすることがあったから、ランチでも食べに行こうって誘ったんだ」

ルイスをむしゃくしゃさせた張本人であるダグは、いたたまれない気持ちで背中を丸めた。

「ルイス？　どこなのぉ？」

派手なストライプのシャツを着た長身の黒人が、サングラスを外しながらくねくねとリビングルームに入ってきた。

「あら、お客さん？　お取り込み中だったかしら」

「いいんだ。もう帰るところだから。こちら、ロス市警のレニックス刑事とコールマン刑事」

ケニーはダグに気づき、「やだ、嘘！」と目を丸くして近づいてきた。

「昨日の可愛い坊やじゃない。あなた刑事だったのっ？」

ダグはぎこちない笑みを浮かべ、「そうです」と頷いた。

「ケニー。ディビッドが死んだって。家で殺されているのが見つかったそうだ」

ケニーは大きく息を呑んで、可憐《かれん》な女性がするように両手の指先を口に押し当てた。

「ディビッドが？　嘘でしょ……っ　犯人は？　犯人は誰なの？」

「まだ何もわかっていません。あなたもコリンズさんと交友があったんですか？」

パコが質問した。ケニーは愕然《がくぜん》とした表情で崩れるようにソファに座ってから、「あったわ」と頷いた。

「何度か一緒に仕事をしたことがあるし、それに――」

ケニーが言い淀《よど》んだ。すかさずルイスが「いいんだ。全部話してあるから」と言い、ケニーは小さく頷いた。

「それにルイスの恋人だったから、昔はよく三人で食事をしたわ」

「コリンズさんを恨んでいる人間に、心当たりはありますか？」

「たくさんいるんじゃないかしら。映画業界は恨み辛《つら》みの吹きだまりだもの。特にプロデューサーなんて周りは敵だらけよ。私も最近、一緒に仕事をする予定だったプロデューサーに、急に仕事をキャンセルされて頭にきたわ。半年かけて書き上げた脚本がパーよ。本当、腹が立つったらありゃしない。あのクソプロデューサー、殺せるものなら殺してやりたいわよ」

ケニーは憤懣《ふんまん》をあらわにして悪態をついた。だがコリンズが死んですぐの発言としては、不謹慎かつ不適切だと感じたらしく、すぐに「ごめんなさい」と恥じ入った。

「コリンズさんとは最後にいつ会いましたか？」

「一ヶ月くらい前だったかしら。知り合いの俳優の家でパーティーがあって、ディビッドも来ていたから軽く言葉を交わしたの。でもちょっとだけよ。彼、プロデューサーとしては有能だったけど、ルイスにひどい真似した男だから、個人的には好きじゃなかったし。……ルイス、大丈夫？」

昔の恋人を殺された友人を気づかい、ケニーは心配そうにルイスの手を握った。

「ああ。俺なら大丈夫だよ。ディビッドとは昨日、会ったばかりだから、すごく驚いたけどね。ケニー。呼び出しておいて本当に悪いんだけど、ランチに行ける気分じゃない。家にいてもいいかな？」

「もちろんよ。あたしが何かつくってあげる」

パコは念のため、昨夜のケニーの行動についても質問した。ケニーは十一時くらいまでクラブにいて、そのあと自宅に帰ったらしい。ひとり暮らしなので証人はいないと言った。

ダグとパコは礼を言ってルイスの家をあとにした。車に乗り込んだ途端、パコに「馬鹿野郎っ」と怒鳴りつけられた。耳が痛くなるほどの大声だった。

「昨夜、リデルと一緒だったこと、どうして先に言わなかったっ？」

「す、すみません……っ」

やっぱり雷が落ちてきた。滅多に声を荒らげないパコだが、怒ると本当に恐ろしい。

「リデルがボスコだってことは知らなかったんです。まさかボスコに会いに行って、リデルの家に着くとは思いもしなくて――」

「お前、リデルと寝たな。だから俺に言えなかったんだろう」

パコの鋭い指摘に心臓が止まりそうになった。ダグは喘《あえ》ぐように「いや、それは、その」と口ごもった。せっかくルイスが誤魔化してくれたのだから、ここは白を切り通すべきだと思った。これからも警察官として仕事を続けていきたいのなら、そうするしかない。

「どうなんだ、ダグ。正直に答えろ。俺の目を見て事実を言え」

なかなか答えられないでいると、パコは「いいか」とダグの胸を拳《こぶし》で叩いた。

「俺はお前の性癖に興味があって聞いているんじゃない。下世話な好奇心でもない。リデルはこの事件の関係者なんだ。そしてお前も間接的に関わってしまっている。だから真実をはっきりさせておきたい。知っておかなきゃならん。だから俺に嘘はつくな」

パコは限りなく真剣だった。鬼気迫るものがある。そんなパコを見ていたら自己保身に揺れていた気持ちが、自分の狡《ずる》さを責める気持ちに変わってきた。軽蔑《けいべつ》されるのは辛いが、尊敬しているパコに嘘はつきたくない。

「……リデルと寝ました。多分」

「多分？　どうして多分なんだ？」

「酔っていたので、はっきり覚えていないんです。でもそういう行為があったのは、間違いないと思います」

パコは不意に車の天井を見上げ、「ブルータスよ、お前もか」と溜め息混じりに呟いた。

「え？　どういう意味ですか？」

「なんでもない。車を出せ」

不機嫌そうに指示され、慌ててアクセルを踏み込んだ。パコに昨日、何があったのか一から話せと言われたので、ダグは観念してすべてを打ち明けた。

以前から女性に夢中になれない自分に、うっすらと不安を感じていたこと。昔の恋人にゲイだと指摘されて、性癖を確かめたくなったこと。そしてクラブでルイスと知り合い、誘われて彼の家に行ったこと。

パコは黙って聞いていたが、最後に「皮肉な話だな」と感想を漏らした。

「ゲイじゃないことを確認したくてクラブに行ったのに、そこで知り合った男と寝てしまったんだから。で、どうなんだ？　お前は自分の性癖がわかったのか？」

パコはもう怒ってはいなかったが、部下の私生活が事件と交錯していることに嫌気が差したのか、疲れた表情をしている。

「覚えてないので難しいんですけど、昨日のことは過ちだと思ってます。酔っていたからできただけで、やっぱり俺は男が好きだとは思えません」

率直な気持ちを口にしたのに、パコはダグの言葉を否定するような投げやりな口調で「どうだかな」と言った。

「覚えてないなら確かなことは言えないだろう。自分はゲイじゃないと思いたがってるだけかもしれないぞ。……なあ、知ってるか。男とセックスできるから同性愛者ってわけでもないらしい。肉体的に同性に欲望を感じても、愛せるのは女だけって奴は、本当の意味でゲイとは言えないそうだ。お前の場合、そういうケースなんじゃないのか？」

男に欲情するのにゲイじゃない。よくわからない話だ。肉欲と精神的愛情は必ずしもイコールではないだろうが、だからといって切り離して扱っていいものなのだろうか。

ダグが考え込んでいると、パコは「まあいい」と会話を終わらせた。

「お前がリデルと関係を持ったことは、上には伏せておく。彼は容疑者のひとりだからな」

「え？　で、でもアリバイならあるじゃないですか。昨夜はずっと俺と一緒にいたんですよ」

ダグがルイスをかばったのが気に入らないのか、パコの目は鋭くなった。

「断言できるのか？　コリンズの死亡推定時刻は、昨夜の深夜一時前後だ。お前の話を聞く限り、その頃にはもう行為を終えて眠っていた可能性が高い。リデルの家からコリンズの家まで、夜中なら一時間あれば楽に往復できる。熟睡しているお前を残し、コリンズの家に行って犯行を終えて戻ってくるのは、決して無理じゃないだろう」

理論的には不可能ではないかもしれないが、そんな荒唐無稽な話は受け入れがたかった。もしルイスが犯人なら、ダグと関係を持ったことは伏せなかったはずだ。一緒のベッドで眠ったと話したほうが、アリバイはより強化される。

「他人を自分の家に残して、昔の恋人を殺しに行くなんて真似は普通しないでしょう」

「自分の常識でものを考えるな」

ルイスが犯人だなんてあり得ないと言いたかったが、確固たる根拠はない。感情だけで反論するのは刑事として愚かなことだ。

これ以上、パコに軽蔑されたくなくて、ダグはルイスをかばう言葉を呑み込んだ。

3

「本当に大丈夫？　キムが来るまでいてあげましょうか？」

「いいよ、ケニー。例のリライト、明日が締め切りだって言ってたじゃないか。早く帰って仕事しろよ」

ケニーは今、テレビドラマの脚本を手がけている。テンポのいいラブコメで、ルイスは楽しく観ているのだが、視聴率はよくないらしい。そのせいで、すでにできあがっている脚本に何度も修正が入って大変そうだった。

「ずっといてくれて本当にありがとう。おかげで気が紛れた」

ケニーは気がかりそうな顔つきだったが「じゃあ、帰るわね」と言い、玄関のドアノブに手をかけた。だがすぐに振り返って、「元気出してよ」とルイスの手を握った。

「ディビッドのことは残念だったけど、死んじゃったものはしょうがないわ。昨日、喧嘩別れしちゃったことを気に病んでいるかもしれないけど、早く忘れたほうがいい。ルイスは何も悪くないんだもん。……だけど、どうしてディビッドに会うこと、私に教えてくれなかったの？　知っていたら止めてたわよ」

ケニーに映画化の件でコリンズに会ったと打ち明けたのは、クラブに行ってからだった。最近、お互いに忙しくて会う機会がなかったから事前に話しそびれただけだが、伝えようと思えば電話で知らせることは可能だった。そうしなかったのは、言えばケニーに反対されるのがわかっていたからだ。

ケニーはコリンズを嫌っている。仕事絡みでまれに連絡を取り合うこともあるようだが、個人的には絶対につき合いたくない男だと言って憚《はばか》らなかった。

「……ごめん。キムにどうしてもって頼まれて、仕方がなかったんだ」

「馬鹿ね。会えば落ち込むのがわかっていたでしょうに。……で、映画化には乗り気なの？」

「正直どうでもいい。前の映画もそうだったけど、どうせ二時間で収まるように原作を適当に継《つ》ぎ接《は》ぎされるだけで、満足のいく映像化なんて望めないし」

ルイスは愚痴っぽい自分が嫌になり、「でも映画化されれば本が売れる」と無理矢理に笑顔を浮かべた。

「そうね。あんたにとってはそれが一番いいことだものね。……じゃあ、本当に帰るわ。また電話するから」

「ああ。ありがとう。気をつけて」

ドアを開けてケニーがポーチを降りていくと、どこからともなく黒い猫が現れた。ほっそりした身体つきの猫で、ケニーの足に人懐こく擦り寄ってくる。

「あら、可愛い猫ちゃん。この子、知ってる子?」

「野良猫だと思う。最近、よくこの辺りで見かけるんだ。たまに餌《えさ》をあげてる」

ケニーは黒猫を撫《な》でてから庭に駐《と》めてあったボルボS40に乗り込み、ルイスに手を振った。ルイスも手を振り返す。ボルボが走り去るのを見届けてから家の中に戻り、スモーキーの缶詰を持ってきて庭で黒猫に与えた。

食べ終わった黒猫は、満足そうに尻尾《しっぽ》を揺らして立ち去っていった。可愛い猫だが飼うのは無理だ。スモーキーはよその猫が家の中に入ってくると、恐ろしいまでに攻撃的になって手に負えなくなるのだ。

家の中に戻って壁時計を見ると六時前だった。キムは仕事で朝からフェニックスに出かけていて、出先で警察からの連絡を受けてコリンズの事件を知ったらしい。取り乱しながらルイスに電話をかけてきた彼女は、夕方にはLAに戻るので警察に出向き、そのあとルイスの家に行くと言っていた。

リビングルームの窓から見える空は、わずかに暮れ始めている。ルイスはテラスに出て、これから夜を迎えようとしている空と海を眺めた。

この家に住み始めて、もうすぐ一年になる。買ったわけではない。マリブの浜辺沿いではないが海が一望できるロケーションだ。こぢんまりした小さなこの家でも、買うとなれば三百万ドルはくだらないだろう。

キムから自分のクライアントの大御所作家が、相場の三分の一という破格の家賃でマリブの別荘を同業者に貸したがっていると聞いたルイスは、迷わず手を挙げた。二年という条件つきだったが、ルイスは同じ場所に長く住むのは好きではないので、むしろ好都合だった。

マリブのビーチハウスなんて自分には分不相応の家だと思ったが、見学に来て即決した。静かだし景色も最高だし、執筆にはもってこいの環境だった。

この高台のテラスから海を眺めるたび、自分が作家としてそれなりの成功を収めたんだと実感する。コリンズとつき合っていた頃、ルイスはまだ売れない作家で、生活のために複数のペンネームを使い分け、ポルノ小説やロマンス小説やSF小説などを書いていた。

そのジャンルの本ならなんでも片っ端から読んでいく固定ファンが多い分野なので、それなりのレベルの作品を早く書ける作家はそれなりに重宝がられる。もちろん印税は微々たるものだから量産して凌《しの》いできた。

そんな売れない作家時代にコリンズと知り合い、つき合うようになった。金持ちで大人の色気を持ったコリンズは、当時のルイスにはとても魅力的に映った。ところが次第にコリンズは利己的な性格や傲慢《ごうまん》さをあらわにし始め、やがてはルイスの一流からはかけ離れた仕事ぶりを、あからさまに馬鹿にするようになった。

最初は才能があると褒めちぎっていたが、すべて口説くための方便だったのだと思い知らされ、ルイスは大いに傷ついた。

それでもコリンズを愛していたし、愛されていると思っていたから我慢した。しかし交際を始めて三年が過ぎた頃、コリンズが数人の男と浮気をしている事実を知り、かろうじて残っていた愛情はきれいに消え果ててしまった。

裏切られて傷ついたが、ルイスは怒り以外の感情にはあえて蓋《ふた》をした。怒りだけを残したのは、方向性を持った強い感情が自分には必要だと思ったからだ。

このままでは終わらない。作家として必ず成功してみせる。怒りをそういう発憤に変えて行動に移した。まず手始めに、コリンズの紹介で知り合ったリテラリー・エージェントのキムに、仕事の合間を縫って書きためたミステリ小説を読んでくれないかと頼んだ。

キムは多くの有名作家をクライアントに抱えるやり手のエージェントで、本来なら持ち込み原稿の類《たぐい》は受け付けていないのだが、コリンズの元恋人からの頼みは断れなかったらしく、渋々といった態度で了承してくれた。

キムは二流作家の書いたミステリには、なんの期待もしていなかっただろう。だがルイスは自信があった。なぜかわからないが、きっとこの小説は日の目を見る、キムがいい出版社に売り込んでくれると確信していた。

そして実際、そのとおりになった。原稿を送った三日後、キムは興奮した声で電話をかけてきて、「素晴らしいわ、ルイス！　この作品はぜひ私に任せてちょうだいっ」と言ったのだ。キムは電光石火の早業《はやわざ》で大手出版社セント・マーロウ社にルイスの作品を売り込み、ボスコの処女作『罪人の鐘』は、新人としては破格の値段で買い取られた。しかもキムは発売前からシリーズ二作目の契約を最高の条件でもぎ取ってきて、ルイスは有能なエージェントの力をまざまざと思い知らされることになった。

一冊目の印税だけでなく、ルイスの懐にはアドバンス制度による次作の印税の三分の一の前払い金も転がり込んできた。そのおかげでボスコ名義の仕事だけに集中できる環境が整い、二作目、三作目と順調に執筆を重ねた結果、シリーズすべてがヒットし、ついには映画化までされて、ルイスは一躍、売れっ子作家の仲間入りを果たしたのだ。

コリンズを見返してやりたいという気持ちが、強い原動力になったのは紛れもない事実だ。だからコリンズが『ブラック・ティアーズ』を映画化したがっていると聞いた時は、胸のすくような気分さえ味わった。

今さら会いたいとは思わなかったが、映画化に関してはコリンズの出してきた条件が一番いい、絶対に会うべきだとキムに言われ、昨夜は私情を持ち込まずにビジネスライクに話し合おうと思っていた。なのに駄目だった。無理だった。

ウエインの起用提案以上に、本当はコリンズがいまだに自分を見下し、薄っぺらい敬意しか払わず、俺とお前の仲じゃないかと言いたげな馴《な》れ馴《な》れしい態度で話を進めようとしたのが、死ぬほど気に食わなかった。そして苛立ちを抑えきれなかった自分に対しても幻滅した。コリンズが憎いというより、コリンズをまだ許せていない狭量な自分に辟易した。

コリンズの死は確かにショックだったが、彼の死を純粋に悲しむ感情はもう今は消え去り、残ったのは彼を許しそびれた自分に対する自己嫌悪と自己憐憫《れんびん》だけだった。

ぼんやりと物思いに耽《ふけ》るうち、夕陽は水平線の向こうに沈みかけていた。日没が来ると急に空気が冷え込む。ルイスは腕をさすりながら部屋の中に戻った。お腹を空かせたスモーキーが文句を言うように、鳴きながらルイスのあとを追ってきた。

「ああ、ごめん。お前の食事がまだだったな」

野良猫に食事を与えて、自分の猫の食事は忘れるなんてひどい話だ。ルイスは急いでスモーキーの餌を用意した。食い意地の張ったスモーキーがガツガツと食べ始めた時、チャイムが鳴った。キムが到着したらしい。

ドアを開けるとパンツスーツ姿のキムが立っていた。キムは玄関に入るなりルイスを強く抱き締めた。

「本当に驚いたわ。昨日、あんなに元気だったディビッドが死んでしまうなんて。嘘みたい。ショックだわ。あなたは大丈夫?」

「ああ、俺なら平気だよ。入って。警察に寄ってきたの?」

「ええ。刑事に昨日の行動をしつこく聞かれたわ。ちょっとした容疑者気分ね」

キムは苦笑混じりに言ってリビングルームに足を向けた。三十五歳のルイスよりひとまわり近く年上のキムだが、若々しい容姿のせいで四十代には見えない。

「そういえば、昨夜は俺が帰ったあと、どうなったの？」

キッチンでコーヒーを淹《い》れて戻ってくると、キムは携帯でメールをチェックしながら「散々だったわ」と首を振った。

「ディビッドは不機嫌丸出しだし、ウェインは拗《す》ねちゃうし。あの子、ディビッドがまだあなたに気があると思ったみたいね」

「何それ。馬鹿馬鹿しい。ディビッドが欲しいのは映画化権であって俺じゃない。それくらいのこともわからないなんて、どうかしてるよ」

「そんなふうに言わないの。あの子はディビッドにベタ惚《ぼ》れなのよ。ディビッドの昔の恋人が今をときめく人気作家で、そのうえヴァンパイア映画で主役を張れそうな色っぽいハンサムとくれば、不安にもなるって」

「キム。そのたとえは笑えないよ。女子高生が恋するのは、美少年のヴァンパイアと相場が決まってる。十代の女の子の周りをうろつく三十五歳の中年ヴァンパイアなんて、質《たち》の悪い変質者みたいで目も当てられない」

昨今のヴァンパイア小説には一家言を持つルイスだ。ボスコとして成功する前、ルイスは女性のペンネームでヴァンパイアと女子高生の恋愛を描いた、いわゆるパラノーマル系のロマンス小説を出版している。ブームに乗って売れ行きはよかったが、ボスコ名義の仕事が忙しくなり、出版社の二冊目の依頼は受けられず、シリーズ化はせずに終わった。

惜しいとは思っていない。いい年をした男が、女子高生の一人称で美少年の美しさを延々と語り、「ああ、どうしようっ。彼が部屋にいることをママに知られちゃう！」とか「彼の情熱的なキスは毒のように、あたしを甘く痺《しび》れさせた」とか書くのはかなり疲れる。

「映画化の件はいったん白紙に戻しましょう。ディビッドの葬儀には行くの？」

「あんまり行きたくない。薄情かな？」

「あなたとディビッドは、いい別れ方をしなかったんでしょう？　だったら無理して行く必要はないわ。私はフリッツと一緒に行くつもりだけど」

フリッツはキムの夫だ。キムより五歳年下だが会社を経営していて、コリンズともつき合いがあったと聞いている。一度だけ会ったことがあるが、温厚そうな男だった。

「やっぱり俺も行ったほうがいいのかな。警察は俺を疑ってるみたいだし。俺のこと、いろいろ聞かれただろ？」

「レストランでの様子は聞かれた。でもそれ以外は何も答えなかったわよ。作家を守るのはエージェントの役目だもの」

「ありがとう、キム」

「礼なんていいわよ。その代わり、早く今の原稿を書き上げてよね。私も出版社も読者も、みんな首を長くして待っているんだから」

フェニックスへの日帰り出張中にコリンズの訃報《ふほう》を受け、帰ってきてからロス市警にも立ち寄り、心身共にさぞかし疲れているだろうに、キムは明るくルイスを励まして帰って行った。

ボスコとしての仕事はキムがいないと成り立たない。出版社の選択から始まり、複雑な契約内容の確認、副次的諸権利の交渉、売り上げの把握などマーケティング分析、印税の管理等々、多岐に亘《わた》る雑事を安心して任せられるエージェントがいるから、ルイスは執筆に専念できるのだ。キムには本当に感謝している。

全幅の信頼を寄せるキムの頼みだから、昨日はコリンズとも会った。ルイスの嫌がることをキムが強いるのは珍しかったが、コリンズが候補として提示してきた監督やヒロインを演じる女優は、確かにルイスの理想どおりだった。キムにすれば個人的感情で好条件を蹴《け》るのは、非常にもったいないという気持ちがあったのだろう。

キムが帰ってひとりきりになると、急に寂しい気分が募ってきた。スモーキーを呼んだが気まぐれな猫は姿を見せてくれない。諦めてキッチンに行き、ケニーがつくってくれたシチューを温めた。ケニーの料理は美味《おい》しいが、ひとりで食べる夕食は味気なかった。

今日はもう仕事はしないと決めて、ワインを飲み始めた。酒はあまり強くないのでちびちびと舐《な》めるように飲む。だから深く酔うこともない。

昨夜はクラブから帰ってきたあと、ダグにつき合って普段より多めに飲んだが、それでもトータルでグラス三杯ほどだ。ほろ酔い程度だったので、ダグとは違って一部始終を覚えている。

クラブでダグと会った時、ひと目でこういう場所に慣れていないと気づいた。堂々とした立派な体軀《たいく》と男らしい顔立ちをしたダグなのに、所在なげな姿は遊園地で親とはぐれた子供みたいに心細そうだった。

年下には興味がないルイスだが、なんとなくダグに興味が湧《わ》いて話をしたくなった。話してみると興味が好意に変わった。ダグは今時、珍しいほど真面目で素直な青年だった。けれど世間知らずというわけではない。社会人として自立しているし、それなりの人生経験を積んでいるようだが、それでいて性根が歪《ゆが》んでいないピュアさがあったのだ。要するにいい奴だった。

そのいい奴は、自分がゲイなのかわからず悩んでいた。というより否定したがっていた。否定したくなるのは、心の奥底では自分にゲイの資質があると気づいて怖がっているからだ。

ルイスの目にダグは良くも悪くもセクシャリティがニュートラルで、周囲の環境や人間関係によってどちらにでも転べるタイプに見えた。女性に恋をすれば女性と恋愛するし、男性に恋をすれば男性と恋愛する。もちろん本人の中に強い葛藤《かっとう》があるので、男と恋愛するのはハードルが高そうだったが、一度でも境界線を越えてしまえば、意外とすんなりゲイの自分を受け入れられるのではないかと思った。

だからではないがダグを家に連れて帰った。普段、よく知らない相手を家に呼ぶことはないし、ましてやベッドを共にすることもない。遊び慣れているように見られがちなルイスだが、そういった面に関しては慎重な性格なのだ。

それなのにダグを誘った。コリンズとの再会のせいで、憂さが溜まっていたことも多少は関係しているかもしれないが、それ以上にダグが魅力的だったからだ。彼をもっと知りたいし、自分のことも知ってほしいと思った。そしてもし彼が望むなら寝てみたいとも思った。

ダグはソファでルイスがキスしても嫌がらなかった。図に乗って何度もキスしたら、ダグも段々とその気になり、積極的に応じてきた。寝室に行くかと尋ねたらはっきり頷き、よろめきながらも自分で階段を上り、二階の寝室に行ったのだ。

しかし横たわったら酔いがさらに回ったらしく、途中からぐったりして動けなくなった。それでも欲望の証《あかし》はエレクトしたままだったので、途中からはルイスが頑張った。

ダグはルイスが何をしても気持ちよさそうにしていたし、一度も拒んだりしなかった。最後は上に乗ったルイスの淫《みだ》らな腰使いに追いつめられ果てた。ダグは満足そうに目を閉じ、「やっぱり俺はゲイだった」と呟き、「あなたと真剣につき合いたい」とまで言った。ベッドの中の睦言《むつごと》を信じるほど愚かではないが、ダグを満足させてやれたのは嬉しかった。

朝、眠っているダグをベッドに残してシャワーを浴びている間、ルイスはひどく緊張していた。目が覚めたダグがどんな反応を見せるのか、まったく予想ができなかったからだ。

ゲイの自分を認められないなら、きっと態度は素っ気なくなる。できれば微笑《ほほえ》んでキスしてほしかった。そして昨夜は素敵だった、また会えるだろうかと聞いてほしかった。

結果は惨敗。何も覚えていない、すべて過ちだったと言われて頭にきた。いくら酔っていても男と寝たのは事実だし、そのセックスに満足していたのも事実だ。一度は自分の性癖を受け入れたくせに、朝になったらまた振り出しに戻っている。

クローゼットの中から出られないのならまだ可愛げもあるが、ダグはそもそもクローゼットの中に入ることを恐れている。話にならなかった。お前なんか一生クローゼットの前でうろうろしてろ、と言いたい気分だった。

ダグのことは気に入っていたのでショックも大きかった。本当についてない。なのに輪をかけてついてないことが起こった。

二度と会うことはないだろうし、会いたくもないと思っていたのに、どういうわけか数時間後、ダグが今度は刑事としてルイスの前に現れたのだ。驚いたなんてもんじゃない。まさか自分は何かの囮《おとり》捜査に引っかかったのかと、突拍子もないことを考えたほどだ。

クラブで男をナンパした罪で逮捕でもされるのかと思ったが違った。当たり前だ。他の州ならいざ知らず、ここはカリフォルニア州だ。

ダグはコリンズが殺された事件を担当する刑事だった。あり得ないと思った。自分が書いてきた小説の中では、奇遇だの偶然だの運命だのと称して、登場人物同士をとんでもない形で都合よく再会させてきたが、まさか現実にこんなことが起こってしまうとは。

驚きが去って冷静になると、ダグが気の毒なほど緊張していることに気づいた。一夜を共にした男と、とんでもない形で再会してしまったのだから無理もない。いつ上司にばらされるのか心配で仕方がないといった様子だった。

一緒にいたことを黙っておくほどの義理もないので、その点についてはレニックスに正直に話したが、関係を持ったことはダグの立場を気づかって誤魔化した。別に今さらいい人だと思われたかったわけじゃない。単純にダグが可哀想だったから、そうしたまでだ。

可哀想なダグ。そして可哀想な俺。

ルイスはソファに横たわり、意味もなく天井を見上げた。

人気作家の仲間入りを果たし、金も稼げるようになった。欲しいものはなんでも買える。だが恋愛は上手くいったためしがない。コリンズも含めて、これまでいい恋愛とは無縁だった。浮気されたり、喧嘩ばかりで別れたり、どうしても長続きしなかった。自分のきつい性格にも問題があるのだろうと思うが、性格はなかなか変えられない。

逆にケニーは女性的な性格をしているので、男に尽くしすぎて相手が増長する。だからいいように遊ばれて捨てられることが多かった。恋人に恵まれていない部分は共通していて、よくふたりで冗談交じりに、老後は一緒に住もうなどと言い合っている。

ふたりは大学時代からの友人で、ルイスは小説、ケニーは脚本と分野は違うが、互いの執筆や成功を励まし合ってきた仲だ。ケニーはかけがえのない存在だった。

酔ったわけでもないのに、急に眠気が襲ってきた。少し眠ろうと思い目を閉じた時、チャイムが鳴った。来客の予定はないので不審に思いながら窓の外を見てみると、白いシビックが家の前に駐まっていて一気に眠気が吹き飛んだ。

あれはダグの車だ。ダグがまた来た。

すぐ玄関に行き、一呼吸置いてからドアを開けた。ポーチにダグが立っていた。今朝と同じスーツ姿だ。クラブで会った時は、ジーンズに柄物のシャツというラフな姿で実際の年齢より若く見えたが、きっちりした格好だとちゃんと年相応に見える。

「こんなに遅くまで仕事？　一日に何度もご苦労さま。刑事って仕事も大変だね」

「いいえ、捜査しに来たんじゃありません。個人的な用件で。……リデルさん。今、少しだけいいですか？」

個人的な用件。素敵な響きだ。自然と胸が高鳴る。しかし同時にそんな自分が恥ずかしくもあった。この坊やに期待なんかしても無駄なのに。

「何？　眠いから手短に済ませてくれ」

不機嫌を装い冷たく言い放った。ルイスにもプライドはある。意地でも甘い顔なんて見せてやるもんかと心に決めていた。

「昨夜のことを、パコに内緒にしてくれてありがとうございます。あ、パコっていうのは、レニックス捜査官のことです」

「……それを言うために、わざわざ来たの？」

ダグは「はい」と頷いた。礼くらい電話一本で済む話なのに、わざわざ車を飛ばしてやって来たのだ。仕事で疲れているだろうに律儀な男だ。ダグの真面目な性格は、やはり素直に好ましいと思う。

「それと今朝はすごく失礼なことを言って、本当にすみませんでした。クラブを出たあとの記憶はやっぱり曖昧なままですが、でもあなたが強引だったわけでもなければ、無理矢理にベッドに連れ込んだわけじゃないってことだけはわかってます。なのに今朝は、まるで被害者みたいな態度を取ってすみませんでした。気が動転していたんです。すごく恥ずかしいです」

いやいや、と突っ込みたくなった。そういう言い方をされると困る。ルイスだって下心はあったのだ。無理矢理ではないが、酔って正常な判断力を失っていたダグを誘ったのはフェアではなかった。

おかしなもので謝られると、今度は自分が悪かったように思えてきた。自分はゲイじゃないと思いたがっている男を、誘惑してしまった罪悪感とでもいうのだろうか。

「……入っていく？」

断られるかと思ったが、ダグは「いいんですか？」と嬉しそうな顔をした。くそっと思った。こういうところが憎めないのだ。

「いいよ。でも条件がある。俺のことはルイスと呼んでくれ。昨夜みたいに。もしまたリデルさんなんて呼んだら、尻を蹴飛ばして追い返すからね」

「わ、わかりました。気をつけます」

ダグをリビングルームのソファに座らせ、ルイスはキッチンでコーヒーを淹れた。ダグにリデルと呼ばれて腹が立つ理由は、自分でわかっている。昨夜、ダグは酔っているせいか、車の助手席で何度も「ルイスっていい名前ですね」と言った。

そして綴《つづ》りを知りたがった。LouisかLuisかと聞かれてLewisだと教えると、なぜか嬉しそうに「そっちか」と膝《ひざ》を叩いた。

ダグはベッドの中でもルイスの名前を何度も呼んだ。それ以外、口にできる言葉がないというように。耳に甘くこびりつくダグの声。名前を呼ばれただけで、あんなにときめいたことはない。なのに朝になったら、昨夜の出来事と一緒にすっかり忘れ去られていたのだ。

また腹が立ってきたので、何度か深呼吸してからリビングルームに戻った。

「お待たせ。……え？」

あり得ない光景に目が丸くなった。極度の人見知りであるスモーキーが、ダグの膝に乗ってくつろいでいたのだ。ダグは猫が好きらしく、目を細めてスモーキーの白い毛並みを撫でている。

「驚いた。スモーキーは人見知りがすごくて、俺以外の人間に懐くことがないのに。自分から膝に乗ってきたの？」

コーヒーを置いてからルイスもソファに座った。目は喉をゴロゴロ鳴らしているスモーキーに釘付《くぎづ》けだ。

「ええ。声をかけたら近づいてきました。俺、猫が大好きなんで、わかったのかもしれませんね。

あ、そうだ。これを床で転がして遊んでいましたよ」

ダグが手のひらに載せて差し出したのは、アルミニウムでできた携帯灰皿だった。ルイスがいつも持ち歩いているものだ。

「お前が犯人だったのか。道理でどこを探してもないはずだよ」

スモーキーをにらみつつ、ダグから受け取った携帯灰皿をテーブルの上に置いた。今朝から見あたらなかったので、もしかしたら昨日の外出時にどこかで置き忘れてきたのかと思っていたが、スモーキーの仕業だった。もしかしたら。スモーキーはなんでも玩具《おもちゃ》にするので困ってしまう。以前、大事にしていた革のブレスレットも知らないうちに盗まれて、キッチンのゴミ箱の裏からボロボロになって出てきた。本当に困った猫だ。

「いたずら好きなんですね。でもすごく美人だ」

「雄だよ」

ダグは「雄でも美人です」と呟き、スモーキーの喉を指先でくすぐった。スモーキーはうっとりした様子でダグに身を委ねている。

「スモーキー。どういう心変わりだ？　昨日はダグのこと引っ掻いたくせに」

「え……。もしかして、これ？」

ダグが自分の右頬を指さした。そこには斜めに走る赤い引っ掻き傷があった。

「そう。君が抱き上げようとしたら、怒って引っ掻いたんだ。それも覚えてない？」

「……覚えてません」

ダグは困り果てたようにルイスを見た。そんな顔されたって許してやらないと言ってやりたかった。素敵な一夜をなかったことにされたのだ。本当に悔しいったらない。

「そうだ。もうひとつ謝らなければいけないことがありました。せっかくルイスが昨夜のこと、パコに内緒にしてくれたのに、結局ばれてしまいました」

「ばれた……？　どうして？」

「パコにあなたと寝たのかと聞かれて、嘘をつけなくて、それで……」

ダグは申し訳なさそうに「すみません」と謝った。ルイスは本気で呆れ返った。開いた口が塞《ふさ》がらないとはこのことだ。

「どうかしてる。正気か？　聞かれたって何もなかったって言い切ればよかったのに、どうして馬鹿正直に認めてしまったんだよ」

軍隊や警察などのマッチョな組織でゲイはあからさまに差別され、苛《いじ》めや嫌がらせの標的になる。ゲイだと公表できるのは、精神的に相当タフな人間だけだろう。

「俺はパコを尊敬してます。彼に嘘《うそ》をつきたくなかったんです。パコは優秀な警察官で、そのうえ人柄もいい。俺とあなたのことも、上には報告しないと言ってくれました」

パコのことを語るダグはやけに嬉しそうだった。怪しいと思った。ダグもハンサムだが、パコはまた違った魅力のある美男子だ。ルイスのタイプではないが、頼り甲斐《がい》のある大人の男としてのセクシーさがある。

「もしかして、パコに惚れてるわけ？」

「ほ、惚れてませんよっ。何を言うんですか……！」

ダグは飛び上がらんばかりに驚き、力一杯に否定した。ムキになるところがますます怪しい。

「でも好意はあるんだろう？　だったら一緒にいて少しは意識しないの？」

「しません。変なこと言わないでくださいっ」

ひどい侮辱を受けたと言わんばかりに、ダグは怒ったような顔つきで即答した。

「ふうん。じゃあ、やっぱり君はゲイじゃないのかもね。あんな格好いい男がそばにいるのに、まったくグッとこないなんておかしいよ」

「それはあなたがパコにグッときたから、そんなふうに思うんじゃないんですか」

尊敬している先輩刑事との仲を変に勘ぐられて腹が立つのか、ダグはムスッとした表情で言い返した。安心した。真面目な男だが、ちゃんと嫌みも言えるらしい。

「俺？　俺は悪いけど彼はタイプじゃないな。ああいう自信満々のいい男は、どちらかと言えば苦手なんだ。コンプレックスを刺激されるから」

ダグが不思議そうにルイスを見た。

「あなたほど恵まれた人が、そういうことを言うなんて意外です。人気作家でこんな素敵な家に住んでいて、容姿も優れている。俺から見れば羨《うらや》ましい限りです」

「エドワード・ボスコは幸せな作家だよ。でもルイス・リデルは三十になるまではまったく売れない三流作家で、複数のペンネームを使い分けて生活のためにポルノ小説やロマンス小説を書いていた男だ。狭苦しいアパートメントに閉じ籠《こ》もって、来る日も来る日も金のために、取りあえず出版社に買ってもらえそうな小説を書いて過ごした。ディビッドはそんな俺を内心では馬鹿にしていた。彼は俺の見てくれだけが好きだったんだ。ディビッドだけじゃない。俺はこういうきつい性格だから、恋人にもすぐ嫌われる。なんでも話せる友人はケニーだけ。両親は敬虔《けいけん》なクリスチャンで、カムアウトした俺に激怒して勘当を言い渡した。以来十年以上、会ってもいないし電話もない。恵まれた人生からはほど遠いよ」

言い終えてから後悔した。こんな話をダグにしたって意味がない。愚痴っぽい男と思われるだけだ。

呆れられるかと思いきや、ダグは妙に思い詰めた顔をしてルイスを見ていた。

「何？　何か言いたそうだね。気持ちはわかるなんて言うなよ。わかりっこないんだから」

ダグはどこか恥ずかしそうな表情で「いえ、そうじゃなくて」と首を振った。

「俺、あなたのファンなんです。エドワード・ボスコの作品はすべて持ってます」

「本当に？　本当に俺のファンだっていうのか？　刑事の君が？」

疑わしい気持ちで尋ねたら、なぜか笑われた。

「そんなこと嘘をついてもしょうがないでしょう。それに刑事だって犯罪小説は読みますよ。俺は発売日には必ずバーンズ&ノーブルに行って、あなたの本を買います。家に帰る時間が惜しくて、いつも我慢しきれず喫茶コーナーに直行して、スターバックス・ラテのグランデを飲みながら読み始めるんです。至福の時間です」

お世辞ではないとわかった。ボスコの新作を手に入れた時の様子を語るダグの表情は、とても生き生きとしている。本当にファンらしい。

単純なもので急にダグの無礼を許してもいいと思えてきた。クローゼットの前でうろうろしている駄目な奴でも、やっぱり彼はいい青年だ。

「実を言うとね。俺、自分のファンだっていう人間に初めて会った」

「嘘でしょっ?」

「本当。俺、顔はいっさい出してないし、対面でのインタビューなんかはすべて断ってるからね。ファンから手紙やメールはたくさんもらうけど、実際に会うのは初めてだ」

言いながら嬉しさを隠しきれず笑みが浮かんだ。ダグも笑顔を浮かべた。

「光栄です。……あの、今度サインをいただけますか?」

「いいけど、サインは一回につき百ドルだよ」

「え」

冗談を真に受けてダグは本気で驚いた。ルイスが「嘘に決まってるだろ」と笑うと、ダグは恥ずかしそうに「ですよね」と頭を掻いた。

「いつでも本を持ってくるといい」

ダグは目を輝かせて「はい」と返事をした。野球少年が大好きなメジャーリーガーからサインボールをもらったら、きっとこんな表情になるんじゃないかと思うほど、本当に嬉しそうな顔だった。あまりにもキュートすぎて、抱き締めてやりたくなった。

「ルイス。厚かましいお願いだとわかってますが、もしあなたが嫌でなければ、友人になっていただけませんか？　あなたともっと話がしたい」

複雑な気分だった。ダグの申し出は嬉しいが、ルイスの望むものとは違う。恋人なら大歓迎なのに友人ときた。だがルイスにもダグのことをもっと知りたいという気持ちは強くあった。

しかしダグも変わった男だ。男と寝たことなど一刻も早く忘れたいだろうに、友達になりたいと言ってきた。もちろんボスコのファンだからそう言うのだろうが、それにしても割り切りがいい。調子がよすぎると思わないではなかったが、大好きな作家を目の前にして嬉しそうにしている姿を見ると、嫌とは言えなくなる。

迷いに迷ったがダグの申し出を受けることにした。

「俺は構わないけど、いいのか？　容疑者と友達になっていいわけ？」

「あなたにはアリバイがあるじゃないですか」

ダグが迷いもなく言い切った。まったく疑っていないらしい。胸の奥がちくりと痛んだ。

「俺はディビッドを殺してない。絶対にやっていない。俺のことを信じてくれるなら、友達になれるよ」

「信じます。あなたはやってない。そんな人じゃない」

まっすぐな瞳で自分を信じると言ってくれたダグに、心底ホッとした。

「ありがとう。だったらよろしく」

右手を差し出すと、ダグは嬉しそうにルイスの手を握り返した。

4

翌朝、チーム全員が会議室に集まり、それぞれが得てきた情報を報告した。

司法解剖の結果、コリンズの死亡推定時刻は昨夜の深夜一時頃で、死因は後頭部を殴打されたことによる脳挫傷《ざしょう》と脳腫脹《しゅちょう》だった。凶器の灰皿からは誰の指紋も検出されなかった。

昨日、ダグとパコはルイスの家を訪問したあと、レンシャーにあるウエイン・スミスのアパートメントに立ち寄った。コリンズが売り出したいと考えるだけあって、ウエインは華やかな雰囲気のあるハンサムな青年だった。

まだコリンズの死を知らなかったウエインは、訃報《ふほう》を知ると青ざめ、次に泣き崩れ、しばらくは興奮して話が聞ける状態になかった。パコは彼が落ち着くのを待ってから、昨夜の行動について聞きだした。

ウエインの話によるとレストランを出たあと、コリンズの車で送られて九時過ぎには帰宅したという。コリンズの様子については、ルイスとの交渉が上手《うま》くいかなかったせいでずっと不機嫌だったと話し、ルイスのことをお高くとまった嫌な男だと率直な感想を漏らした。

ウエインはひとり暮らしだが、その後、友人のサム・ビルナーという男が遊びに来て、泊まっていったのでアリバイはあった。

ルイスのエージェントのキム・ロズリーは昨日の夕方、市警庁舎に自ら出向き、パコの質問に快く答えてくれた。キムはルイスが先に帰ってしまったあと、コリンズとウエインと三人で食事を続け、八時半くらいに店を出たらしい。そのまま家に帰り、帰宅していた夫と一緒にテレビを見て過ごし、十二時頃には就寝したと語った。

キムは口の硬い女性だった。クライアントであるルイスについて質問が及ぶと、仕事面はなんでも話してくれたのに、話がプライベートな部分になるとわからないと繰り返し、パコの質問をのらりくらりとかわした。

「コリンズはここ数年、ヒットに恵まれておらず、仕事面では焦りがあったと彼の友人たちは証言しています。ただし経済状況はまったく問題なく、金遣いは派手だったようです」

ハンティントンの報告を聞いて、ホワイトボードの前に立ったパコは「コリンズの最後のヒット作はなんだ?」と質問した。

「五年前に公開された『インプリメント』です」

「ああ、あの映画か。確かに大ヒットしたな。しかし映画プロデューサーっていうのは、五年もヒットがないのに大金持ちでいられるのか? 羨《うらや》ましい商売だな」

パコが感心すると、マイクが「儲《もう》かる仕組みができてるんだよ」と口を挟んだ。

「映画の著作権はプロデューサーが持ってる。興行収入だけじゃなく、ヒットすればＤＶＤなんかのソフトも売れる。世界中のテレビ局が放送権を買いたがる。場合によってはゲーム化もされる。そういった金がプロデューサーの懐に入ってくるんだから、そりゃ儲かるって話さ」

パコは「なるほど」と頷《うなず》き、次いで周辺の聞き込みを行ったクーパーに報告を求めた。チーム最年長のクーパーは資料を見るまでもなかったのか、老眼鏡を頭にかけたまま「お手上げですよ」と首を振った。

「さっぱりです。周辺の住民からは、これといった情報は得られませんでした。パシフィック・コースト・ハイウェイからコリンズの家に通じる道路は二本だけなので、付近の防犯カメラの映像を洗ってみます」

「ああ、頼んだぞ。マイクはコリンズの電話の通話記録と押収したパソコンのチェック、ハンティントンとモンテスは防犯カメラの映像を回収したら、引き続き周辺の聞き込みに当たってくれ。クーパーとカーソンは交友関係を徹底して調べるんだ。コリンズと少しでもトラブルのあった人間は全員要チェックだ」

「了解」

全員が立ち上がって会議室から出ていく。パコとダグだけが残った。パコは「さてと」と呟《つぶや》き、座ったままのダグを見下ろした。

「もう一度、リデルのことで話し合おうか、ダグ」

「何を話し合うんですか。彼は犯人じゃありませんよ」

「なぜ言い切れる。刑事の勘か？」

パコは怖い顔でダグの前に立ち、机に両腕をついた。

「一夜を共にした相手だから、個人的感情が邪魔をして冷静な判断力を失っているんだ。目を覚ませ。お前はアリバイ作りに利用されたんだよ」

「違いますっ。昨夜、ルイスは俺に言ってくれました。自分は絶対に犯人じゃない、コリンズを殺してないと」

言ってからしまったと思った。パコの顔が見る見る険しくなる。

「お前、まさか仕事が終わってから奴に会いにいったのか？」

「いや、それは。……はい、そうです。お詫《わ》びとお礼を言いたくて、ルイスの家に行きました」

また雷が落ちると思ったが、パコは意外にも静かな口調で「容疑者と個人的な交流を持ってどうする」と呟いた。

「申し訳ありません。だけど——」

「もういい。みんなにはまだ言ってないが、俺はリデルが犯人だとにらんでる」

「いや、ですが——」

ダグの反論を封じ込めるように、パコは「黙って聞け」と机を叩《たた》いた。

「コリンズの死体のそばに、煙草《たばこ》の吸い殻が散乱していただろう？　犯人が殴りかかった時に灰皿からこぼれ落ちたものだ。煙草の銘柄は二種類。調べさせた結果、ひとつはラッキーストライクで、ひとつはゴロワーズだった。ラッキーストライクはコリンズのものだ。弟のアランに電話で確認したら、それ以外は吸わないと証言した。つまりゴロワーズは来訪者が残したことになる。

……リデルが吸っていた煙草の銘柄を覚えているか？」

ダグは答えなかった。覚えているから言いたくなかったのだ。

「わかっているくせにだんまりか。だったら俺が言ってやる。ゴロワーズだ」

「現場に残されていた煙草の銘柄が同じだからって、それだけでルイスを犯人だと決めつけるのは早計です。煙草のことはよくわかりませんけど、ゴロワーズを吸ってる人間なんていくらでもいるでしょう」

「チャコールフィルターならな。だが現場で見つかったものも、リデルが吸っていたものもプレーンフィルターだ。あれはどこにでも売ってる煙草じゃない。かなり珍しいぞ」

「だけど、それだけじゃ証拠にはなりません」

「ったく、往生際が悪いな」

パコは頑《かたく》なにルイスを信じようとするダグに呆《あき》れたのか、深々と溜《た》め息《いき》をついた。

「なら、現場で見つかったゴロワーズのフィルターから、リデルのＤＮＡが検出されたら？　それならお前もリデルを疑う気になるか？」

ダグは言葉を失い、パコの顔を穴があくほど見つめた。

「一致したんですか？　でもどうやって彼のＤＮＡを採取したんです？」

「まだ鑑定結果は出ていない。ＤＮＡは煙草の吸い殻から採取した。吸い殻は昨日、リデルが吸っていたものをこっそりいただいて鑑識に回した」

用意周到さに驚いた。パコは最初からルイスを疑っていたのだ。

「どうしてそんなにもルイスを疑うんですか？」

「何度も言わせるな。アリバイができすぎているからだよ。恨みがある昔の男と久しぶりの再会を果たした夜、そいつが殺された。だけど自分はナンパした刑事とベッドの中にいた。そんな偶然があってたまるか。どう考えてもおかしいだろ」

パコは吐き捨てるように言った。ルイスが計算ずくでダグを誘惑したと思い込んでいる。自分が一緒にいたせいで、より強く疑いの目を向けられる羽目になったルイスを気の毒に思った。

「ルイスは俺が刑事だって知らなかったんですよ」

「どこかで気づいたんだろう。お前は酔っていたんだ。ポロッと自分で言ったかもしれない」

素面《しらふ》なら絶対に言ったりしないが、パコの言うとおり酔っていた以上、そんなことはないとも断言できない。反論の手だてがなくなり、ダグはむっつりと黙り込んだ。

「少し頭を冷やせ。今日のお前の仕事は、ハンティントンたちが持ち帰った防犯カメラの映像の確認作業だ。リデルが映ってるかもしれないからな」

映っているわけがない。ルイスは朝まで自分と一緒に寝ていたのだ。ダグは疑いもせずそう信じた。

だが現実は無情だった。それから四時間後、ダグは録画された映像の中に、ルイスの姿を発見することになる。


ルイスが係の者に案内されて取調室に入ってきた。

「リデルさん。お忙しいところ、お呼びだてして申し訳ありません」

ダグとパコは立ち上がって彼を出迎えた。

「いいよ。取調室なんて滅多に入れるものじゃないし、ある意味、貴重な機会だ。小説の取材ができたと思って感謝したいくらいだね」

ルイスは軽口を叩いて椅子《いす》に座った。パコの顔は見てもダグとは目を合わせようとしない。

「あの窓ってマジックミラーなんだろ。ドラマなんかでよく見るやつだ」

ダグはルイスのことを一夜の過ちを犯した相手でもなく、好きな作家でもなく、初めて事件の重要参考人として観察した。普段どおりを装っているが、ルイスの多弁は緊張を誤魔化すためだ。刑事としての冷静な目で見ると、今まで気づかなかったことが見えてくる。

明らかに何かを隠して緊張しているルイスを見ていたら、話を聞く前からダグの胸は苦しくなる一方だった。

「今日、ここに来ていただいたのは、あなたに確認したいことがあったからです。まずはこれを見てください」

パコは机の上に置いてあったマニラ封筒の中から、小さなジッパーつきナイロン袋をふたつ取り出した。中にはそれぞれ煙草の吸い殻が入っている。

「こちらはあなたが昨日、吸っていたゴロワーズの吸い殻です」

ルイスは不快そうに眉《まゆ》をひそめた。

「うちから勝手に持ち出したのか？　そういうの違法だろ」

「無断で吸い殻を拝借したことは謝罪します。申し訳ありませんでした」

パコは淡々と謝罪してから話を続けた。

「そしてこれは、コリンズさんが殺害された現場に落ちていた吸い殻です。銘柄は同じくゴロワーズ。あなたが吸っているのと同じでシンプルフィルターです」

「……それが何？　そんな偶然のせいで俺はここに呼ばれたのか？」

ルイスは怒るというより呆れたようにパコをにらんだ。

「銘柄が一致しただけじゃありません。このふたつの吸い殻から検出されたＤＮＡが一致したんです。あなたは五年前に別れて以来、コリンズさんの家には一度も行っていないと仰《おっしゃ》いましたが、あの言葉は嘘《うそ》だったんですね」

パコは畳みかけるように言い切り、ルイスの反応を見た。ルイスはしばらく無表情だったが、少ししてから「それって」と呟いた。

「要するに俺が犯人だって言いたいわけ？　馬鹿馬鹿しい。俺は本当にディビッドの家には行ってない。鑑定結果がおかしいんだよ。もう一度、調べ直してくれ。ＤＮＡならちゃんと提供するよ。綿棒みたいなので口の中を擦ればいいんだろう？　今すぐ採取するからキットをここに持ってきてくれ」

「あくまでもコリンズさんの家には行っていないと仰るんですか。では昨夜はずっと家にいたんですよね？」

「そうだよ。ダグが証人だ。なあ、ダグ？」

ルイスが初めてダグを見た。しかし今度はダグがルイスの目を見られなかった。

「……ダグ？」

「すみません。俺は熟睡していたので、あなたがあの夜、どこにも出かけなかったとは断言できません」

昨夜、ルイスを信じるといったこの唇で、彼を突き放すようなことを告げなければならないのは胸が痛かった。

「ダグも俺を犯人だと思っているのか？」

「いいえ。俺はあなたがやったとは思ってません。でもあなたは嘘をついた。一昨日の夜、俺が寝ている間に車で出かけましたね？」

ルイスは唇を閉ざした。表情に驚きはない。そういう指摘を受けることは、最初からわかっていたのかもしれない。

「これがその証拠です。これを見ても、まだずっと家にいたと言い張るつもりですか?」

パコがマニラ封筒から引き出したのは、数枚の写真だった。大きく引き伸ばされているのであまり鮮明ではないが、写っている人物が誰かはわかる。

「これはあなたの家とコリンズさんの家の、ほぼ中間地点にあるガソリンスタンドの防犯カメラ映像です。時間は深夜の一時五十七分。ここに録画された時間がちゃんと表示されているでしょう? ……リデルさん。この車はあなたのものですね? そして給油している人物は間違いなくあなただ。どうですか? 異論はありますか?」

ルイスはパコの問いかけには答えず、冷めた目で印刷された自分の姿を見ている。

「映像によるとあなたは東から走ってきて、給油を済ませるとご自分の家がある西の方角に向かって走り去っている。コリンズさんの家に行った帰り道に、このガソリンスタンドに立ち寄ったんじゃありませんか?」

ルイスは写真を机に戻し、顔の前で両手を組んだ。黙秘を貫くつもりだろうか。

「弁護士を呼びますか?」

パコが落ち着いた声で尋ねた。ルイスはすぐに「今はいい」と答え、深い吐息を漏らした。

「俺は犯人じゃないから弁護士なんていらない。わかった。全部、話すよ。確かに俺は眠っているダグを残して、車で家を出た。……その自信満々の様子じゃ、ディビッドの通話記録はもうチェック済みなんだろう？」

「ええ。コリンズさんは殺害される一時間ほど前、自宅の電話からあなたの家に電話をかけていました」

「そうだよ。かかってきた。電話番号をキムが教えたんだ。ダグが寝てすぐだった。ディビッドは映画化権をどうしても手に入れたいらしく、俺が嫌ならウエインは起用しないと言ってきた。俺がそれでも了承しないでいると、彼はなんて言ったと思う？　今でもお前のことを忘れられない、お前も同じ気持ちなんだろう、ウエインとは別れるからよりを戻さないか、今度はきっと上手くいく。……ディビッドはそんなことを言いだしたんだ。本気じゃないことくらいわかる。全部、映画のためさ。俺は頭に来て電話を切った。でもどんどん怒りが湧いてきた。昔、裏切られたことまで思い出して、いてもたってもいられなくなった。それで彼に会って、直接文句を言ってやりたくなったんだ」

「だから夜中に家を出たんですね。時間は何時でしたか？」

パコが聞いた。ルイスは「十二時十分くらいだったと思う」と答えた。記録によるとコリンズがルイスに電話をかけたのは十一時四十二分、通話を切ったのは十一時五十六分。その約十分後にルイスが家を出たとして、時間の流れに不自然な部分はない。

「最初はディビッドを罵倒《ばとう》しまくってやると思っていたけど、運転しているうちに段々と冷静になってきた。よく考えてみたら、あれは彼の手口なんだ」

「手口というと？」

「相手を挑発したり怒らせたりして、それに乗ってきたらまんまと主導権を握る。いつもそうだった。俺が怒って会いにくると見越して、あんなことを言ったんじゃないかって思ったら、急にディビッドの家に行くのが馬鹿らしくなった。文句は言ってやりたかったけど、彼の思うつぼなんて悔しいし。それで迷った俺はパシフィック・コースト・ハイウェイ沿いにある、ビーチの駐車場に車を駐めた」

「どこのビーチですか？」

ルイスは「ウィル・ロジャース・ビーチ」と答えた。

「多分、一時間以上いたかな。近くに若い連中がいて、花火をしたり酒を飲んだりして騒いでるのを、車の中からぼーっと眺めてた。すっかり気持ちが落ち着いたから家に帰った。ガソリンがなかったんで、途中にここで給油してね」

ルイスは指で写真をトントンと叩いた。

「なるほど。ではコリンズさんを訪ねようと思って家を出たが、途中で気が変わって結局、ドライブだけして帰ってきた。そう仰るわけですね」

「ああ。そのとおり」

「では吸い殻が落ちていた件は、どう言い訳するつもりですか？」

「知らないよ。俺はディビッドの家に行ってないんだから、その吸い殻は誰かがわざと置いていったんだ。あの夜、俺はレストランでもクラブでも煙草を吸った。あの夜だけじゃなく、俺はいろんな場所で煙草を吸う。吸い殻なんて誰でも手に入れられるよ。誰かが俺をはめようとしているんだ」

パコは何も言わなかったが、ダグはその可能性は高いと思った。

「俺を犯人扱いするけど、現場から俺の指紋が出たのか？」

「いえ、出ていません。犯人が拭《ふ》き取ったんですよ」

ルイスは勝ち誇ったように「へえ」と眉尻を吊《つ》り上げた。

「おかしな話だな。ご丁寧に指紋を拭き取るような犯人が、自分の吸い殻を残していくようなミスを犯すかな？　もし俺が犯人だったら、そんなへまは絶対にしない」

ルイスは冷笑を浮かべ、挑むような目つきをパコに向けた。パコもさすがにムッとした表情でルイスを見返した。

「で、俺はどうなるんだ？　逮捕されるの？」

「いえ、今日はお引き取りいただいて構いません。ですが、またお話を聞かせていただくことになるでしょう。その時はご協力よろしくお願いします」

ルイスは椅子から立ち上がり、「いいよ」と応じた。

「警察への協力は惜しまない。でも俺を調べるのは時間と金の無駄だ。俺は犯人じゃないから、他の人間を当たったほうがいい。そいつが俺の吸い殻を盗み、現場にわざと置いたんだ」

「ではお聞きしますが、あなたに恨みを持つ人間はいますか？」

パコが聞くとルイスは「どうかな」と面倒そうに言い返した。

「俺は人から好かれるタイプじゃないけど、恨みを買うほど他人と親しくなるタイプでもない。まったく見当もつかないよ」

ルイスはダグの顔をまったく見ないまま、ドアを開けて出ていった。


迷った。ものすごく迷った。しかしどうしてもルイスに直接会って話がしたかった。だから今夜もまた懲りずに、ルイスの家まで来てしまった。

家の灯《あか》りはついているものの、時間はとっくに十時を回っている。いきなり訪問するには不謹慎な時間だ。しかし事前に電話をかけて、今から行くと言ったら断られるのは目に見えていたので、あえてそうしなかった。

ダグは覚悟を決めて車を降り、玄関のチャイムを押した。しばらく待ったがドアは開かない。もう一度押した。今度はドアが開いたがルイスはバスローブ姿で、髪はまだ雫《しずく》が垂れるほど濡《ぬ》れていた。シャワー中に訪問してしまったらしい。間が悪いにもほどがある。

「何か用？　俺を逮捕したがってる刑事さん」

不機嫌丸出しの声に挫《くじ》けそうになった。だがここまで来て、引き返すわけにはいかない。

「話をしにきました。入ってもいいですか?」

「駄目。用があるならここで言ってくれ」

ルイスから冷たいブリザードが吹いてくる。チクチクと突き刺さる尖《とが》った視線を受け止めながら、どう切り出そうか考えていると、奥から現れたスモーキーが嬉しそうに近づいてきた。スモーキーはダグの足に頭や身体をしきりに擦りつけてくる。

可愛い声を上げながらダグにべったり甘えて離れない愛猫を見て、ルイスは深々と溜め息をついた。

「自分のペットまでゲイだったなんて衝撃の事実だ。……どうぞ入って」

スモーキーのおかげで関門を突破できた。ダグはにんまり笑ってスモーキーを抱き上げた。なんていい子なんだろう。

ルイスはキッチンからワインとダイエットコークを持ってきて、ダグから少し離れた場所に腰を下ろした。グラスにワインを注ぐのも億劫《おっくう》そうで、ひどく疲れた表情をしている。

「ひとつ聞いてもいいかな」

ワインに口をつけながらルイスが言った。ダグはダイエットコークのプルタブを開ける手を止め、「どうぞ」と頷いた。何を言われるのだろうと身構えてしまう。

「昨夜は友達になりたいなんて言ったけど、あれって要するに俺の周りを嗅ぎ回るための口実だったの？」

ダグは驚いて「違いますっ」と言い返した。

「仕事と関係ありません。あなたのことをもっと知りたいと思ったのは、あくまでも俺の個人的感情です」

「ふうん。だけどそれにしては随分な態度だったよね。昨日は俺のこと信じるって言ったくせに、取調室では俺を信用しないって言った」

「そんなことは言ってません。……あなたは嘘をついた。その点に関しては事実を確認する必要があった。それだけです」

ルイスは「しょせん刑事と容疑者ってことか」と投げやりに呟いた。この状況で腐りたくなる気持ちはわかるが、ダグはダグなりにルイスをかばおうとしてきたのだ。それなのに自分の気持ちをまったく理解しようとしてくれないルイスに腹が立ってきた。

「もとはと言えば、嘘をついたあなたが悪いんじゃないですか。あんな大事なこと、どうして黙っていたんですか？」

「どうして？　そんなの決まってるだろっ。言えば疑われるのがわかってたからだよ。一度は家を出たけど、気が変わって引き返したなんて話、誰が信じるんだ。現に君だって俺を疑ってるじゃないかっ」

ルイスは感情をあらわにして言い放った。だからダグもつい感情的になり大声を出した。

「あなたが犯人だなんて思ってません！　だけど嘘をつかれたら、俺だってあなたを信じ切れなくなる。お願いだから俺のことを信用してください。もう嘘はつかないでほしい」

心の底から訴えたのに、ルイスは「信用？」と皮肉な視線を投げてきた。

「真剣につき合いたいって言ったくせに、朝になったら全部撤回するような男は信用ならないね。俺がどれだけ傷ついたと思っているんだ。その気になってひとりで浮かれた自分が、とことん馬鹿みたいじゃないか……っ」

言われたダグも驚いたが、言った本人も驚いていた。ルイスは慌てて目をそらすと、「ごめん」と謝った。

「今のはなし。聞かなかったことにしてくれ。事件とはなんの関係もないことだった」

ルイスは「本当にどうかしてる」と早口で言い、グラスに入ったワインを一気飲みした。しかし飲む前から顔が赤い。もしかして照れているのだろうか。

「ルイス。俺はそんなこと言ったんですか？」

「いいんだ。君は酔ってたし、俺だって本気にしたわけじゃない」

「でも俺が覚えてなくて傷ついたんですよね？」

ダグは事実確認のために聞いたのだが、ルイスはまるで辱《はずかし》めを受けたかのように、さらに顔を赤くして「うるさいっ」と怒鳴った。

「もうそれ以上、何も言うな。君と出会ってから散々だよ。久しぶりに恋人ができるんじゃないかって期待したのに一晩で惨敗して、そのうえ昔の恋人は殺されて俺は容疑者扱い。本当にもう勘弁してくれって感じだよ。ついてないにも程がある。……どうしてなんだ？　どうして俺だけこんな目に遭わなきゃいけないんだよ。俺が何したっていうんだ」

ルイスの目は赤く潤んでいた。泣きたいのを必死でこらえているのがわかる。

「す、すみません。俺は――」

「いいんだ。謝らないでくれ。こんなの八つ当たりだ。自分でもわかってる。酔って判断力をなくした君に迫ったのは俺だし、ディビッドが死んだことは君にはまったく関係ない。俺を疑うのも君の仕事だ。君は間違ったことは何もしてない。俺が勝手に傷ついてるだけだ。本当に、俺の、俺の勝手だから、君には関係ない……っ」

ルイスは涙をこらえきれなくなったのか、顔を伏せて肩を震わせ始めた。背中を丸め、声を押し殺して泣くルイスは、小さな子供みたいだった。

考えるより先に身体が動いていた。ダグは腰を浮かしてルイスの隣に移動すると、小刻みに震えている彼の肩に腕を回して抱き寄せた。

ルイスは突然の抱擁に驚いて顔を上げた。濡れた睫《まつげ》も潤んだ瞳《ひとみ》も、心の底から美しいと思った。自分の心臓がダンスを踊るように大きく跳ねるのを感じた瞬間、ダグは魅入られたようにルイスの泣き顔から目が離せなくなった。

「すみませんでした。傷つけてしまったことを心から謝ります」

「違うって言っただろ」

「いいえ。違いません。俺があなたを傷つけた。あの夜のことを覚えてなくて、悲しくさせたのは事実です。今日も仕事とはいえ、あなたを不快にさせた。謝らせてください。本当にすみませんでした」

ルイスは何か言おうとしたが声は出ず、また俯《うつむ》いてしまった。ひとりで泣かせたくなくて、もう一度、抱き寄せた。

嫌がると思ったが、ルイスは素直にダグの胸で泣き始めた。ルイスの柔らかな髪を撫《な》でて、背中をさすっている間、ダグは自分がかつてないほど満たされているのを感じていた。不思議な満足感があったのだ。変な喩《たと》えかもしれないが、気の強い美しい猫が誰かに苛《いじ》められ、逃げ場を求めて自分の懐に飛び込んできたみたいな気がした。

腕の中にいるルイスがたまらなく愛おしかった。このままずっと抱いていたい。ずっと自分の腕の中にいてほしい。そう願わずにはいられなかった。

だがルイスは涙が止まると素っ気なく身体を離してしまった。残念に思っていたら、「ありがとう」という言葉が聞こえた。

「だけど優しくされたって自白なんかしないよ。俺は何もやってないんだから」

ルイスは泣きはらした目で憎まれ口を叩いた。そんな素直じゃないところも愛おしく思える。

自分でも不思議だった。昨日から気がつけばルイスのことばかり考えている。昨日も今日も訪問する前、自分に対してごちゃごちゃと言い訳したが、本音を言えばただ会いたかった。だから家まで押しかけた。

ゲイじゃないと思いたいのに、ルイスが気になって仕方がない。どうしてだろう。覚えてなくても寝たせいで、意識しているのかもしれない。

――ルイスと寝た。あらためて考えると妙な気分だった。本当にこの人とキスしたり、素肌を重ね合わせたりしたのだろうか。

俺はどんなふうにルイスに触れたのだろう。そしてルイスはどんなふうに俺に触れたのか。このきれいな人とどんなセックスをしたのか、思い出せないのがやけに寂しかった。だがそう感じる自分には危機感を覚える。

自分はおかしい。パコが心配するのは当然だ。ルイスに傾倒しすぎている。わかっていても、ルイスが好きだと認めるのが怖い。認めればもう逃げ場がないからだ。

ゲイになりたくないと足掻《あが》きながら、ルイスに好意を寄せている。矛盾だらけで自分で自分がわからなくなってきた。けれど混乱や不安や戸惑い以上に、ルイスに対する特別な想いが上回っていくのを感じる。はっきりと感じる。

ダグが黙ったまま顔を見つめていると、ルイスは目を伏せてしまった。

「そんなふうに見ないでくれ」

「どうして?」

ダグはルイスの頬《ほお》に手を添え、自分のほうを向かせた。

「君の優しさを勘違いしそうになる。君に期待なんかしたって無駄なのに」

無駄じゃない。そのひとことが喉まで出かかった。だが言えなかった。こんなにルイスに惹《ひ》かれていても、まだ自分がゲイだと認められない。認めるのが怖い。

それでいてこうやってルイスに触れていると、身体の内側に熱い何かがどんどんあふれてきて、今にもこぼれてしまいそうになる。そんな支離滅裂な自分にうんざりした。

自暴自棄にも似た気持ちが湧いてくる。ダグはもうどうにでもなれと思い、卑怯《ひきょう》だと自覚しつつも、自分を抑えきれなくなり、ルイスの唇に自分の唇を重ねた。

「ダ――」

驚いたルイスが顔を背けかけたが、両手で彼の頬を押さえて無理矢理のようにキスをした。ルイスは最初逃げようとしていたが、ダグの執拗《しつよう》さに折れたのか、途中から抵抗しなくなった。

自分は最低の男だ。そう思うのにキスは止まらない。興奮も増していく。ルイスの柔らかな唇を何度も舐《な》め、優しく噛《か》み、満足するまで味わってから奥へ進んだ。

ルイスの唇はたまらなく甘かった。まるで禁断の果実のようにダグを虜《とりこ》にする。欲望のままに夢中で味わった。キスでこんなに興奮するのは初めてかもしれない。

バスローブの裾《すそ》がはだけて白い腿《もも》があらわになっている。触りたいと思った。触れないと死んでしまうと本気で思った。

ダグの理性は完全にどこかに吹き飛んでいた。だからためらいもなくバスローブの下に手を入れ、ルイスの腿に触れた。熱い肌の感触に目眩《めまい》がする。調子に乗って上に向かって手を滑らせようとしたら、ルイスに腕を摑《つか》まれた。

「……ダグ、どうしてこんな真似《まね》をするんだ？　ゲイじゃないって言ったくせに」

ルイスの表情には困惑が浮かんでいた。その戸惑った眼差しにさえ胸が高鳴る。

「わかりません。でもあなたに触れたい。触れたくて我慢できない」

何か言おうとしたルイスの唇をキスで塞《ふさ》ぎ、腿の内側に手を差し込んだ。柔らかい内腿の感触に溜め息が漏れそうになる。

ダグは初めて実感した。俺はゲイだ。ゲイに違いない。男の内腿を撫でて幸福感を味わっているような男が、ゲイでなくて一体なんなんだ。だからゲイだ。もうゲイでいい。

やっと覚悟を決め、ルイスにも告げようとした時だった。

どこかで携帯の着信音が鳴った。ルイスは「ごめん」とダグの腕を払いのけ、そそくさと立ち上がってダイニングのテーブルに向かった。

「……キム？　いや、大丈夫。……ああ、助かるよ。……ごめん、今ちょっと手が離せなくて、あとからかけ直すよ。……うん、すまないね」

ルイスは電話を切ったが、ダグの隣には戻ってこなかった。気まずそうな様子でテーブルに腰を預け、離れた場所からダグを見ている。

「ダグ。悪いけど、もう帰ってくれないかな。今日はすごく疲れてるんだ」

予想していた言葉だったので失望したが、さほど驚かなかった。ダグは「わかりました」と答え、すぐさま腰を上げた。

さっきまでの荒れ狂っていた凶暴な熱が一気に冷めていく。冷静になるといたたまれない気持ちになってきた。ルイスの気持ちを無視して、がっついた犬みたいにキスをした自分が恥ずかしい。最低だ。

「友達になれたらって思ったけど、無理みたいだ」

玄関でルイスが呟いた。ダグは足を止めて振り返った。

「どうしてですか?」

「君とはもう会いたくない。ゲイじゃないって言うくせに、いきなりキスしてくるような男はやっぱり信用できないよ。一度寝た相手なら、すぐさせてくれると思った? 俺はそんな軽い男じゃない」

「ルイス、違います。俺はそんなつもりじゃ——」

「個人的な用件では、もう訪ねてこないでくれ」

目の前でドアが閉まった。腕を上げたが、なんとか思いとどまってドアは叩かなかった。ルイスが怒るのは当然だ。ダグの行動には一貫性がなさすぎる。自分の気持ちが定まっていないのに、言い訳したって意味がない。

ルイスに何か言う前に、自分の気持ちを突き詰めて考えなければいけない。勢いでゲイだと思うのは簡単だが、そういうことではなく、自分という人間を根本的に見つめ直す必要がある。それは見たくない自分であっても、認めたくない現実であっても、もう逃げたり誤魔化したりせずに、とことん向き合ってちゃんとした答えを出すということだった。

5

ノートパソコンの画面の文字は、さっきからまったく増えていない。

あまりにも集中できない自分に嫌気が差してきた。ルイスは執筆中にだけかける眼鏡《めがね》を外し、コーヒーを淹《い》れるためにキッチンへ行った。

お湯を沸かしている間、ケトルチップスの袋を開け、二、三枚つまんだ。食欲がないので朝から菓子類やフルーツを囓《かじ》る程度で、今日はまだちゃんとした食事は取っていない。

ケトルチップスの袋をクリップで挟んでは溜め息をつき、コーヒーを淹れ終えてはまた溜め息をつく。昨日から溜め息が止まらない。こんなにも憂鬱《ゆううつ》なのは、警察から殺人の容疑をかけられているからか。それともダグにうちにはもう来るなと言ってしまったせいか。きっとその両方だろう。

テーブルには戻らず、コーヒーカップを持ったまま窓の前に立って海を眺めた。今日は生憎《あいにく》の雨で景色はどんよりしている。空は暗く陰り、海は気が滅入るような鉛色だ。自分の今の気分そのもののようだと思いながら、ルイスは熱いコーヒーに口をつけた。

自分がコリンズ殺害の容疑で逮捕される確率はどれくらいだろう。現場に落ちていた吸い殻からルイスのＤＮＡが検出されたのだから、警察はその気になればその証拠だけでも逮捕状を請求できるはずだ。事件直前の電話やルイスの行動も合わせれば、十分、有罪に持ち込めると考えていてもおかしくない。

吸い殻を置いた人間、すなわちコリンズを殺した犯人が誰なのかまったく見当もつかないが、コリンズとルイスの過去の関係を知っている人間なのは、まず間違いないだろう。

自分の吸い殻が発見されたと聞いた時は、コリンズの恋人のウエインを疑った。キャスティングに反対された腹いせにルイスを陥れようと思い、レストランで吸い殻を入手して犯行に及んだのではないかと考えたからだ。

だがコリンズは自分を売り出そうとしている大物プロデューサーだ。彼を殺してしまっては元も子もない。言い争いになって発作的に殺してしまったという可能性もあるが、それならルイスの吸い殻を事前に入手した行動に齟齬《そご》が生じる。

ウエインでなければ、まったくお手上げだった。コリンズと別れて五年も経っているのだから、今の人間関係はルイスのあずかり知るところではない。いくら考えても無駄だった。小説の中でルイスの書く主人公たちは、いつも華麗な発想でもって的確に犯人を見つけだすが、現実では当てずっぽうの推理なんてなんの役にも立たない。

もし万が一、逮捕されて起訴されたら、無罪に持ち込めそうな有能な弁護士を雇う羽目になる。

有能な弁護士は恐ろしく金がかかる。下手したら支払う報酬で全財産を失うかもしれないが、背に腹は代えられない。冤罪《えんざい》で刑務所に放り込まれるなんてまっぴらだ。

これからどうなってしまうのだろうという不安とは別に、ルイスの心を悩ませているのはダグの存在だった。あれから二日が過ぎているのに、ドアを閉める直前のダグの傷ついた表情が、まだ瞼《まぶた》の裏に焼きついている。

あんなふうに拒むんじゃなかった。ダグもきっと混乱しているのだ。ゲイじゃないと思いたいのに、一度寝た相手を目の前にして気持ちが乱され、それで行動がちぐはぐになっている。感情と欲望が嚙《か》み合わないのは、よくあることだ。

あれきりダグからはなんの音沙汰《おとさた》もなく、次に会うのはもしかしたら逮捕される時ではないか、などという最悪の想像さえしていた。

コリンズから電話がかかってきたことや、彼に会いにいくつもりで家を出た事実を黙っていたことは、心から悪かったと思っている。事実を言えばダグに犯人だと疑われる。単純にそれが嫌だった。

ダグをアリバイ作りに利用する気は、これっぽっちもなかった。ただ怖かった。ダグに惹かれているからこその恐れだった。

あの夜のキスを思い出すと、まだ胸が苦しくなる。ダグからキスされるなんて思いもしなかったから、本当はすごく嬉しかった。ダグの熱いキスに応え、求められるままに抱き合いたかった。

けれどなけなしの理性を振り絞ってダグを拒んだ。

寝たあとで、また気の迷いだったなんて言われたら耐えられない。きっと簡単には立ち直れないだろう。そうなるのが怖くてダグを追い返した。

ダグが自分に好意を持っているのは態度からわかる。しかしその好意をダグが恋愛感情だと認めるのは難しいだろう。仮に認められても彼のような真面目な男が、ゲイとして生きていく自分をすんなり受け入れられるとは思えない。相当の葛藤《かっとう》が生じるはずだ。

ゲイの素質があっても女とつき合える男は、最終的には女を選ぶ。ルイスの初めての恋人がそうだった。相手は二歳年上の格好いい大学生で、口説かれてすぐ夢中になった。けれどつき合っていくらも経たないうちに、女と浮気していたことがわかった。

怒って責めたら相手は「女のほうがいいに決まってるだろう」という捨て台詞《ぜりふ》を吐き、ルイスのほうを捨てた。あの失恋は今でもトラウマになっていて、女もいける男なんて二度とごめんだと思ってきた。なのにダグを好きになってしまった。そんな自分を本当に馬鹿だと思う。

ダグだって自分の順調な人生を歪《ゆが》めてまで、本気で男とつき合いたいとは思わないだろう。ルイスも何度か寝て終わるような虚しい関係は嫌だ。それなら深入りしないほうが、お互いのためなのだ。

ほとんど飲まないうちに、コーヒーはすっかり冷めてしまった。ルイスはまた溜め息をつき、ノートパソコンの前に座った。皮肉なことに今書いているのは、ヒロインが犯人に陥れられ、警察に拘束されるというシーンだった。未来の自分の姿を書いているようで、気が滅入るなんてものじゃない。

ルイスはまた出そうになった溜め息をどうにか呑み込み、重い指でキーを叩き始めた。


仕事が一段落したらしく、ケニーは晴れ晴れした顔でピザを手土産にしてルイスの家にやって来た。今夜は泊まっていけるというので、スパークリングワインを開けて一緒に飲んだ。

「あら。もう食べないの？」

「うん。お腹いっぱいだから、残りはケニーが食べてくれ」

二切れで食事を終えてしまったルイスを見て、ケニーは心配そうに表情を曇らせた。

「ディビッドの事件があってからちゃんと食べてないでしょ？　顔が痩《や》せてきたわよ。あんたはストレスが溜まると食べなくなるんだから。頑張ってもう一切れ食べなさい。ほら」

ケニーは母親のような口調で叱《しか》り、ルイスの皿にピザを一切れ載せた。

「ところでさっきの話だけど。ディビッドを殺したのって、やっぱりウエインって奴じゃないの？　絶対に怪しいわよ」

「だけどディビッドは彼を売り出そうとしていたんだ。そんな相手を殺すかな？」

「他に自分を売り込んでくれる相手が見つかったのかもよ。それでディビッドが邪魔になったたってことも、十分に考えられるじゃない。警察はウエインを疑ってないのかしら?」

空になったケニーのグラスにワインを注ぎ足し、ルイスは「どうかな」と答えた。

「吸い殻のせいで、今は俺が第一容疑者だと思う」

「ひどい話。吸い殻なんていくらでも小細工できるのに、警察って本当に馬鹿よね」

憤慨しながらピザにかぶりつくケニーを見ていたら、あらためて彼の存在に感謝したくなった。大学生の時に知り合い、作家と脚本家という違いはあるが執筆業で身を立てたいという共通の夢があったふたりは、すぐに打ち解けて仲良くなった。

今ではどちらも執筆の仕事だけで食べていけるようになったが、若い頃は生活が苦しくて何かにつけ助け合ったものだ。お金がない時は相手の家に行き、何か食べさせてもらったりした。ケニーがいてくれたから、貧しい暮らしもそれなりに楽しかった。

「何? 深刻な話をしてるのに笑ったりして。あ、わかった。あの可愛い坊やのことでも思い出していたんでしょ?」

ダグのことなんて思い出したくないのに、ケニーは冷やかすように言った。

「あの子もあんたのこと疑ってるのかしら?」

「ダグは俺が犯人だとは思ってないって、はっきり言ってくれたけど」

ケニーは「そうなの?」と驚いた表情を浮かべた。

「刑事なのに、そんなこと言って大丈夫なのかしら。……でもよかったわね。ダグはあんたに本気で惚《ほ》れてるわよ」

「もういいんだ」

ルイスは首を振り、やけくそ気味にピザに齧りついた。

「ダグはいい奴だけどゲイの自分を受け入れられない。そういう相手とつき合って泣きを見るのはこっちだ。だから彼には個人的な用件で、もう会いに来ないでくれって言った」

「もったいないわね。だったら私がもらっちゃおうかしら」

ケニーはニヤニヤしながらルイスを見た。明らかに面白がっている。

「なーんてね。冗談よ。あの子、私が本気で迫ったら泣いて逃げ出しちゃいそうだし」

思わず涙目になったダグが、助けを求めてくる姿を想像してしまった。ルイスが吹き出すと、ケニーは「笑うなんて失礼ね」と言いつつ自分も笑いだした。

「私が迫って逃げた男で思い出したわ。ロブ・コナーズっていたじゃない。覚えてる?」

「ああ、覚えてるよ」

大学時代に何度か口説かれた相手だ。同じ大学に通っていたのに会うのはキャンパスではなく、もっぱらその手のクラブだった。ハンサムだし学年首席の噂《うわさ》もある優秀な男だったが、少々変わり者だった。

君の顔が最高に好きだと言い、ルイスに会うたび胸焼けするような甘ったるい言葉を並べ立てて粉をかけてきた。

見た目は好みだったが、軽い男が好きではないルイスは相手をするのが面倒になり、ケニーにあいつをどうにかしてくれとぼやいた。その結果、ケニーはクラブのトイレでロブに迫った。もちろん冗談だったが、かなり強引に個室に連れ込んだらしく、それ以来、ロブはケニーを避けるあまり、ルイスの前にも姿を見せなくなった。

何年か前にクラブで若い男と一緒にいるのを見かけたが、相変わらず調子がよさそうに見えた。噂で聞いたが今は犯罪心理学者になっていて、母校で客員教授をしているらしい。

「あのロブが、なんと結婚したんですって！　驚きよね」

「へえ。あいつ、女もいけたんだ」

ケニーは「違うわよ。相手は男。決まってるじゃない」と苦笑した。

「結婚式に出席した知り合いから聞いたんだけど、相手は年下の超きれいな子だって。お人形さんみたいな美形で、ロブったらもうデレデレらしいわよ」

「へー。あの遊び人だったロブが結婚ねえ。なんかむかつく」

ルイスが冗談交じりに言うと、ケニーも「本当よね」と同意した。

「でも羨ましい話だ。一生を共にしたいと思える相手に巡り合えるなんてさ」

「恋愛だけがすべてじゃないでしょ。あんたは作家として成功したんだから、それだけで十分に幸せじゃない。この五年であんたの生活は激変したでしょ？　新車を買って、高価な服や靴を買って、マリブにも引っ越して。本当に羨ましいわ。あたしなんて書いても書いても監督に書き直せって怒鳴られて、嫌になっちゃう。しかも安いギャラでさ。二流の脚本家なんて奴隷みたいな扱いで腐るわー」

ケニーがぷりぷり怒っていると家の電話が鳴った。ケニーに「愚痴はあとで聞くよ」と笑って告げて、キッチンカウンターの上に置いてあった子機で通話に出た。

「ルイス?」

受話器から聞こえてきたのはダグの声だった。声を聞いた途端、胸がギュッと痛くなった。電話がかかってきて嬉しいのか辛《つら》いのか、もう自分でもよくわからない。

「なんの用? 個人的な用件なら話したくない」

「いえ、違うんです。捜査の件です。喜んでください!」

まるで一億ドルの宝くじにでも当たったかのように弾んだ声だった。

「ビーチの駐車場に設置された防犯カメラに、あなたの車が映っていました。それと花火をして騒いでいたグループがいたって言ってたでしょう? その連中を見つけたんです。グループのうちのひとりが、あなたの車をはっきり覚えていて、車内に男性がずっと座っていたと証言してくれました」

「それって、もしかして俺のアリバイになるの……?」

「なりますよ! 防犯カメラの映像によると、あなたが駐車場に入った時間は十二時三十一分です。自宅を出たのが十二時十分頃だから約二十一分かかっています。俺が実際に走ってみたら二十三分かかりましたが、深夜は交通量が少ないので二十一分で着いてもおかしくない。そしてあなたは一時五十二分に駐車場を出て、その五分後の一時五十七分に例のガソリンスタンドで給油している。五分という移動時間も距離から考えて極めて妥当です。コリンズさんの死亡時刻は一時頃なので、あなたはその時間帯ずっと駐車場にいたことになります。仮に給油を終えてから気が変わり、引き返してコリンズさんの家に向かったとしたら、到着は二時を大きく回ってしまう」

ダグは興奮した口調で一気に喋《しゃべ》り終え、息継ぎをするように深く息を吸った。

「まだ完全に容疑が晴れたわけではありませんが、あなたの言葉の裏づけはちゃんと取れました。逮捕はまずないでしょう。それを知らせたくて電話しました。じゃあ、これで」

「え？　ダグ、ちょっと待って――」

電話は切れた。ルイスはぽかんとして受話器を眺めてしまった。捜査の進展を知らせてくれたのは嬉しいが、他に何か言うべきことがあるんじゃないのかと思った。

「今のダグでしょ？　何？　なんだって？」

受話器を置いてソファに戻ると、ケニーが興味津々といった様子で身を乗り出してきた。ルイスが電話の内容を伝えたら、ケニーは「やだ、もうっ」と身体をくねらせ、ルイスの膝を思い切り叩いた。あまりの強さに本気で顔が歪んだ。

「なんて健気《けなげ》なの？　二度と顔出すなって言われた相手のために、あの子、きっと必死で捜査したのよ。純愛だわぁ」

「そんなんじゃない。ダグは真面目な刑事なんだ。忠実に自分の仕事をしただけの話だよ」

「もう！　素直じゃないわねっ。あんたっていっつもそう。素敵な男から誘われても、なんだかんだケチつけて自分から遠ざけちゃうんだから。あたしだったら、もうギューッてキンタマ摑んで離さないわよ」

「摑みすぎて潰《つぶ》しちゃったら、元も子もないと思うけど」

ルイスが冷静に突っ込みを入れると、ケニーはハッと目を見張り「そうね。気をつけるわ」と真面目な顔で頷いた。


日付が変わった頃、ケニーは欠伸《あくび》をしながらゲストルームに入っていった。ルイスは自分の部屋で午前二時頃まで仕事をして、それからシャワーを浴びた。

寝る前に煙草を一本吸いたくなり、テラスに出て火をつけた。借家なので家がヤニ臭くならないよう、寝室で一服する時はできるだけ外で吸うようにしている。

いつの間にか雨はやんでいた。手すりに腕をついて紫煙をくゆらせていると、家の前を黒猫が横切っていった。

あいつはいつもどこで寝ているのだろう。雨に濡れない居場所があるのだろうか。そんなことを考えながら煙草を吸い終え、部屋の中に戻りベッドに入った。普段は寝つくまで時間がかかるのだが、ダグの吉報のおかげか、それとも久しぶりに仕事がはかどったせいか珍しくすぐ眠くなり、朝まで熟睡できた。

七時頃、自然と目が覚めた。ケニーが朝食をつくってくれると言っていたので、起こされるまでもう一眠りしようと思い、目を閉じた時だった。

「いやぁ……っ！」

ケニーの叫び声が聞こえてきた。家の中ではなく窓の外からだ。普通ではない声の響きに、ルイスはすぐさま飛び起きた。

Tシャツと下着姿だったのでガウンを羽織り、階段を下りた。一階に行くとリビングルームの窓が開け放たれ、外にケニーが立っていた。

「ケニー！　どうしたんだっ？」

開いた窓からテラスに出て、ケニーがいるところまで裸足《はだし》で駆け寄った。ケニーの視線はある一ヶ所に釘付《くぎづ》けになっていた。ルイスはケニーの隣に並び、その場所を見た。

「なんだ……？」

真っ先に目に飛び込んできたのは、白い壁に書かれた文字だった。こう書かれていた。

――次はお前だ。

赤黒い塗料に見えたが、すぐに塗料ではなく血で書かれていると気づいた。なぜなら壁の前には、惨《むご》たらしい猫の死骸《しがい》が横たわっていたからだ。たまに餌《えさ》をもらいにくる、あの人懐っこい黒猫だ。

数時間前、尻尾《しっぽ》を揺らして家の前を歩いていた黒猫は、あまりにも変わり果てた姿になっていた。頭と胴体を切り離され、奇っ怪なオブジェのように、あるいは神聖な供物のように地面に並べられていたのだ。

吐き気がした。ルイスは咄嗟《とっさ》に口を押さえ、無惨な死体から目を背けた。

「散歩に出ようと思って外に出たら、文字が見えたの。それで近づいてみたら、猫が……。なんなのよ、これ……。誰がこんな真似……。ひどすぎるわっ」

ケニーが涙声で叫んだ。手は小刻みに震えている。ルイスはケニーの肩を押し、部屋の中に連れ帰った。だがその時になってスモーキーの姿が見当たらないことに気づき、すさまじい恐怖心に襲われた。

「ケニー、スモーキーはっ? スモーキーはどこにいるんだ?」

「スモーキーだったら大丈夫よ。キッチンにいるはず。さっき餌をあげたから」

ルイスはキッチンに駆け込んだ。ケニーの言うとおり、餌を食べているスモーキーがそこにいた。安堵《あんど》のあまりへなへなと床にしゃがみ込んでしまった。

「ルイス。警察に連絡しましょう。あんなの悪質すぎるわ」

ケニーは子機を掴みボタンを押しかけたが、急に何かに気づいたように手を止めた。

「……ねえ。次はお前だって書いてあったでしょ？　あれってどういう意味かしら」

「さあ。変質者のただの嫌がらせだろう」

ケニーは「本当に変質者かしら？」と不気味そうな表情を浮かべた。

「もしかしたらディビッドを殺した犯人の仕業じゃない？　そいつがあんたまで狙《ねら》ってるのかもしれないわよ」

「まさか。そんなこと――」

笑って否定しかけたが、『次はお前だ』の血文字を思い出し、ルイスはぞっとした。

「ディビッドの次に死ぬのは俺ってこと？　犯人は俺まで殺そうとしているのか？」

「わ、わかんないけど、そういうふうにも考えられるじゃない。……ねえ。ダグに知らせたほうがよくない？」

黒猫が殺されたこととコリンズの事件が本当に関係しているのかどうかわからないが、万が一ということもある。ルイスはケニーにダグの携帯の番号を教えた。

ダグは俊敏に行動した。ケニーが電話を切った三十分後には、もうルイスの家に到着したのだ。慌てて飛び出してきたのだろう。頭の後ろは寝癖がついたままだった。

「大丈夫ですか？　顔色が悪い」

玄関で心配そうに聞かれた。なんとなく顔を見るのが気まずくて、「平気だよ」と素っ気なく答えて庭に向かった。

本当はダグの優しさが嬉しくて胸が苦しいほどだった。二度と来るなと言ったのに、早朝にもかかわらず呼べばこうやってすぐ飛んできてくれる。

「……昨日は電話をありがとう」

「いえ。いい知らせができて、本当によかったです」

ダグは微笑《ほほえ》んだが、壁の前に来るときつく眉根を寄せた。一瞬だけ痛ましそうな目で猫の死骸を見たものの、すぐに冷静な表情になり現場の様子を観察し始めた。

「犯人は多分、首の骨を折って殺害したあとに、鋭利な刃物を使ってこの場で頭部を切断したんでしょうね」

ダグはそう言うと何かを探すように周囲を見渡し、「あれかな」と呟き上着のポケットからナイロン手袋を取り出した。ダグが手にして戻ってきたのは、小さな空き缶だった。

「見覚えは？」

「それはうちにあったスモーキーの缶詰。たまにこの猫に餌をあげていたんだ」

ダグはルイスに内側を見せた。底のほうに血液らしきものが溜まっていた。

「犯人はこの空き缶に猫の血液を溜め、パレットみたいにして文字を書いた。壁に指紋がまったく残っていないのは、おそらくゴム手袋でもしていたからでしょうね」

猫を殺害して死体を切断しただけでも常軌を逸しているのに、その猫の血でメッセージを書き残すなんて異常すぎる。

「昨日はケニーが泊まっていったんですか？」

ダグは窓から室内を覗《のぞ》きながら質問した。隣に並ぶとキッチンで食事をつくっているケニーの姿が見えた。

「ああ。八時頃にやって来て、十二時頃まで喋ってた。ケニーはゲストルームで寝て、そのあと俺はひとりで仕事をして、ベッドに入ったのは三時頃だったかな。朝、ケニーの悲鳴で目が覚めたけど、昨夜は熟睡していたから異変には何も気づかなかった。……ケニーがもしかしたら、デイビッドを殺した犯人の仕業じゃないかって言うんだけど、どう思う？」

ダグは血文字に視線を移し、「わかりません」と首を振った。

「ですが、コリンズさんの事件となんらかの関連性はあるかもしれない。鑑識を呼んで調べさせます。それと念のため、あなたに警護をつけたほうがいいと思うのですが」

「え？　警護って警察の？」

「ええ。ただの悪戯《いたずら》にしては質《たち》が悪すぎるし、穿《うが》った見方をすれば殺害予告とも解釈できます。上に掛け合ってみますから――」

ルイスは慌てて「いらないよ」と遮った。

「警護なんて必要ない。仮にディビッドの事件と関係があっても、俺まで殺される理由がない。俺とディビッドは五年も前に別れてるんだ。もうなんの関係もないよ」

「でも犯人はそうは思ってないかもしれませんよ」

厳しい顔でダグが言う。ルイスは少し迷ったが、思い切ってウエインの名前を出した。

「ディビッド絡みで俺に悪意を持つ人間がいるとしたら、ウエインしか思いつかないんだ。彼ならあの夜、レストランで吸い殻も手に入れられた。警察はウエインを疑ってないのか?」

「もちろん捜査はしていますが、彼にはアリバイがあるんです。あの夜は友人が泊まりに来ていて、朝までずっと一緒に家にいたと証言しています」

友人なら偽証を頼まれた可能性もある。確かな証拠もないのにウエインを疑いたくはないが、コリンズ繋《つな》がりで考えると彼しかいない気がするのだ。

「念のために、ウエインの昨夜の行動を調べてみます。もし彼が夜中から明け方にかけて家にいなければ、猫殺しの犯人という可能性も出てくる」

「ぜひそうしてくれ」

ダグは頷いてテラスの階段を上りかけたが、急に「あの」と振り返った。続いて上ろうとしていたルイスは、おかげでダグの胸で鼻を打った。

「なんで急に止まるんだよ」

ルイスは鼻を押さえて文句を言った。ダグは「すみませんっ」と平謝りしたが、ルイスと目が合うとやけに深刻な目つきになった。

思い詰めたような表情で見つめられ、今度はルイスのほうが焦った。

「な、何?」

「あれからずっと考えていたんです。ずっと考えて俺は——」

「朝ご飯、できたわよ。食べましょう」

ケニーが窓から顔を覗かせた。ダグは突然、我に返ったように慌ててルイスから目をそらした。

「俺は、何?」

「い、いいえ。なんでもありません。すみませんでした。……あれ、ケニー。その手はどうしたんです? 血が滲《にじ》んでる」

ダグは逃げるように階段を上ると、ケニーに明るく話しかけた。

「これ? 朝、スモーキーに引《ひ》っ掻《か》かれたの。抱き上げようとしたら嫌がってね」

「俺も前に顔を引っ掻かれました。ほら、ここ。まだ跡が残ってるでしょう?」

ダグはケニーと喋りながら先に部屋の中に入ってしまった。ダグが何を言おうとしたのかは、わからずじまいだった。

6

結局、警察の警護はつけられなかった。上の許可が下りなかったのだ。

申し訳なさそうに電話をかけてきたダグが、可哀想なほどひどくしょげ返っていたので、ルイスは気にしなくていいと慰めて電話を切った。

正直なところホッとしていた。誰かに常に監視された状態で生活するのは嫌だ。鬱陶しくて息が詰まってしまう。

逆に残念だったのは、ウエインにはアリバイがあったことだ。昨夜は端役で出演しているテレビドラマの撮影があり、深夜から朝方にかけて野外での撮影に参加していたらしい。ウエインが犯人でないなら、もうさっぱり見当がつかない。

ケニーは知り合いの映画監督の誕生日パーティーに参加する約束があるらしく、ルイスのことをしきりに心配しつつも、夕方には帰っていった。

黒猫の死体は警察が持ち帰った。壁の血文字は洗ったが完全には消えず、ペンキで塗り直すしかないようだ。見るたび黒猫を思い出して悲しくなるので、ルイスはケニーが帰ったあと車で出かけ、近所のホーム・デポで白いペンキとローラーを購入した。

店を出て車に乗った時、ケニーから電話がかかってきた。

「今どこにいるの？　家に電話しても出ないから、心配になって電話したの」

「買い物してたんだ。これからスーパーと本屋に寄って帰るところ。パーティーはどう？　楽しんでる？」

ケニーの背後はざわざわと騒がしかった。パーティーの途中なのに、わざわざ心配して電話をかけてきてくれたのだ。

「いい男がいないから全然楽しくないわ。じゃあ、気をつけて帰ってね。何かあったら、すぐに私でもダグでもいいから連絡するのよ？　いい？　ね、わかった？」

「ああ、わかったよ」

ケニーが心配性のママみたいにしつこく念を押すので、ルイスは苦笑しながら通話を終えた。車を走らせスーパーマーケットに寄って食料品を買い足し、併設された大型書店で好きな作家の新刊を買い、そのあとは寄り道せずまっすぐ家に帰った。

家の前に車を駐めた時にはすっかり日が暮れて、辺りは真っ暗だった。車の中から灯りがついていない我が家を眺め、ルイスはなんとなく気鬱になった。帰りたくないと思ってしまう。

狭いアパートメントに住んでいた時は平気だったが、この家に越してきてから暗い家の中に入り、自分の手で灯りをつける動作が嫌いになった。スイッチを押して明るくなるまでのほんの一瞬が、やたらと長く感じられるのだ。その闇の中に身を置くたび、言い様のない不安や孤独を感じて気が滅入る。

今夜は特に気が重かった。自分の家で猫が惨殺されたのだから、いつもの漠然とした憂鬱とはまた違った感情がある。今夜だけでもホテルかモーテルに泊まろうかと思ったが、ベッドが変わると眠れない質だし、それにスモーキーがお腹を空かせて待っている。

ルイスは現実逃避を諦《あきら》めて車から降り、買ってきた物を両手に抱えてポーチを上がった。玄関の鍵を外し、ドアを開けて中に入る。

荷物を持ったまま、すぐ右手にある灯りのスイッチを押そうとしたその時だった。

首筋に生暖かいかすかな風を感じた。ぞくりとした。それが誰かの息だとわかったからだ。すぐ後ろに人がいる。

ルイスは振り向こうとしたが、そうする前に強い衝撃に襲われた。頭を殴られたと気づいたのは、床に崩れ落ちてからだった。

逃げなければ。そう思うのに頭がくらくらして身体が思うように動かない。恐怖と焦りに追い立てられ、ルイスは床を這《は》おうと手を伸ばした。しかし一歩も進めないうちに、首に何かが巻きついてきた。

ものすごい力で頸部《けいぶ》を圧迫され、瞬く間に苦しくなった。紐《ひも》状のもので背後からぐいぐいと首を絞められている。

まったく息ができない。このままでは死んでしまうと思った。首に巻きついたものを外そうともがいたが、紐は首にきつく食い込んでいて指がまったく入らない。

ルイスは無我夢中で紐を辿《たど》った。自分を絞め上げている何者かの手が触れた。やめさせようと手首を摑んだ。が、摑み損ない、代わりに細い何かが指に引っかかった。

おそらくブレスレットか時計だと思うが、その時は何がなんだかわからないまま、その細いベルト状のものを自分のほうに向かって、死にものぐるいで引っ張った。

そのせいか紐が少し緩んだ気がした。だが希望を感じた瞬間、摑んでいたものは切れた。反動で首への圧迫がより強くなる。意識が朦朧《もうろう》としてきた。酸欠で頭がガンガンする。

苦しい。もう駄目だ。自分は死ぬ。死んでしまう。

諦めを感じる一方で、嫌だと思った。絶対に死にたくない。死ぬなんて嫌だ。

誰か助けて。助けて。助けてくれ――。

心の中で叫んだ時、奇跡が起きた。まるで願いが天に届いたようだった。玄関のチャイムが鳴り響き、ルイスの首を絞めていた何者かが力を緩めたのだ。途端に酸素が肺に流れ込んできて、ルイスは激しく咳《せ》き込んだ。

「ルイス、いるんでしょう?」

ノックしながら声を上げているのはダグだった。ダグ、助けて。そう叫びたいのに、息が苦しくて声が出せない。

「開けますよ？」

ドアの開く音がした。暴漢者はルイスを突き飛ばし、灯りがついていない暗い家の中へと突進した。

「ルイス……っ？」

ダグが床に倒れているルイスを発見したのとほぼ同時に、キッチンのほうから大きな音が聞こえた。何かが床に落ちる物音だ。ダグはそれだけでルイスが何者かに襲われ、さらに襲った相手が家の奥に逃げたと察し、弾かれたように駆けだした。

ダグの荒々しい足音はすぐ聞こえなくなった。ダグは犯人を追いかけ、裏口から外に出たようだ。庭のほうから「待てっ」と怒鳴る声が聞こえてくる。

ルイスはどうにか起きあがり、リビングルームの灯りをつけた。よろめきながらソファまで行き、頭から倒れ込む。呼吸は楽になってきたが、喉の痛みはまだ取れない。

喉と胸を押さえて痛みに耐えていたら、ソファの下からスモーキーが現れ、ものすごい勢いで上に飛び乗ってきた。

ルイスの顔をしつこく舐めてくる。ルイスの留守中に何者かが家に入ってきたのが怖くて、ソファの下で隠れていたのだろう。

「お前、何もされなかったか……？」

スモーキーが無事でよかった。心の底から安堵しながら小さな身体を抱き締めた。六年前に知り合いから譲り受けた時、スモーキーはまだ手のひらに載るくらいの子猫だった。以来、大事な家族として一緒に暮らしてきた。

執筆業は孤独な仕事だ。家の中に籠《こ》もって誰とも会わず、明けても暮れてもひとり黙々とキーボードを打ち続ける。スモーキーだけがそんな寂しい日々の慰めだった。その彼に何かあったらと思うと、想像するだけで怖くなる。

「すみません。逃げられてしまいました」

しばらくしてダグが戻ってきた。厚い胸板が激しく上下して、額には玉のような汗が浮かんでいる。ルイスはスモーキーを抱いたままダグを見上げた。

「ありがとう、ダグ。君のおかげで命拾いしたよ」

「大丈夫ですか？　怪我《けが》は？　一体、何があったんです」

「誰かが家の中に隠れていたんだ。玄関を開けて部屋に入るなり頭を殴られて、そのまま後ろから紐みたいなもので首を絞められた」

ダグは隣に腰を下ろし、「ちょっと見せて」と指を添えてルイスの顎《あご》を上げさせた。首には絞められた跡がはっきりと残っているのだろう。痛ましそうな眼差しを向けられた。

「顔は見ましたか？」

「後ろから襲われたから見てない。ダグはどう？」

「パーカーのフードを被《かぶ》っていたので、人相はさっぱりです。くそ……っ」

ダグは悔しそうに自分の膝《ひざ》を叩いた。

「鑑識を呼んで家の中を調べさせます」

「いいよ。犯人は手袋をしてた。きっと指紋は残ってないよ。調べても何もでない」

「しかし——」

ルイスは「いいんだ」と強くダグの言葉を遮った。

「家の中に大勢の警官が入ってきて、あちこち荒らされるのは嫌だ。耐えられない。今はそっとしておいてほしい。まだショックが大きくて……。意識が遠のいた時、もう駄目だと思った。本気で死を覚悟した。すごく強かった」

ルイスはついさっきの恐怖を思い出し、腕の中のスモーキーをギュッと抱き締めた。

「もう大丈夫です。俺がいますから」

ダグが慰めるようにルイスの肩に腕を回した。ダグの温《ぬく》もりに包まれた途端、やっと緊張が解けて全身から一気に力が抜けた。ルイスはダグの広い胸に頭を預けて目を閉じた。

ダグが「俺のせいです」と耳もとで囁《ささや》いた。

「本当にすみません。警護をつける件、もっと必死で頼むべきだった」

ルイスは首を振ってダグの頬に手を添えた。ダグのせいではない。ルイス自身、自分の身に危険が迫っていると本気では思わなかったのだ。

「謝らないでくれ。君は悪くない。今夜だって俺を心配して、わざわざ様子を見に来てくれたんだろう？　あと一分でも遅かったら、俺はここにはいなかったかもしれない。こうやって生きていられるのは君のおかげだ。本当にありがとう」

「ルイス……」

ダグは自分の頬を撫でるルイスの手に自分の手を重ねた。至近距離で視線が深く絡み合う。見つめ合う眼差しが自然と熱を帯び始め、言葉にしがたい濃密な空気がふたりの間に満ちていくのがわかった。

まだ額に汗が浮かんでいる。まだ身体には全力疾走した名残の熱が残っていて、それがやけに男臭く感じられた。

ダグがたまらなく魅力的に見える。吸い寄せられるように全神経が向かっていく。

ルイスはいけないと思い身体を離した。ダグは一瞬、寂しそうな表情を浮かべたが、ルイスの気持ちを汲《く》むように、肩に回していた腕を下ろした。

ダグとはこれ以上、距離を縮めたくない。好きだからこそ強くそう思う。深入りすればするほど、負う傷も深くなる。

「……冷蔵庫に入れなきゃ」

スモーキーを床に下ろし、ルイスはソファから立ち上がった。ドアの前には買ってきた食材が散乱したままだ。拾ってレジ袋に入れていると、ダグも隣に来て手伝ってくれた。

「ルイス。もしあなたが嫌でなければ、今晩、泊まっていっても構いませんか？　ひとりにするのが心配なんです」

「そうしてもらえたら心強いけど、本当にいいの？」

ルイスに断られると思っていたのか、ダグはパッと表情を明るくして「もちろんです」と大きく頷いた。

胸が甘く、そして苦く疼《うず》いた。そんな嬉しそうな顔を見せないでほしい。自分の言葉に一喜一憂する姿なんて見たくない。必死で突っぱねている心が、呆気《あっけ》なく挫けそうになるじゃないか。

「本当なら警察が動かなきゃいけないのに、個人的な警護になって申し訳ありません」

「ダグ、もう謝らないでほしい。君の優しさには本当に感謝している。……この前はごめん。友達になれないなんて言ったけど、あれは取り消すよ。あらためて俺からお願いする。友達としてつき合ってほしい」

ダグの目が戸惑うように揺れた。複雑な気持ちを味わっているのは手に取るようにわかる。だがダグの不確かな恋愛感情をあてにすることはできない。

どんなにダグが愛おしくても、一線を引いてつき合っていくべきだ。それがお互いのためなのだから。


シャワーを浴びてバスローブ姿でリビングルームに戻ってくると、さっきまでスモーキーと遊んでいたダグの姿が見当たらなくなっていた。

「ダグ?」

何度か名前を呼んだが、どこからも返事はない。二階のゲストルームに引き上げたのだろうかとも考えたが、警護のために泊まったダグがルイスを放って先に寝てしまうとは思えない。

不安に駆られて階段に足を向けた時、突然、背後で窓が大きく開いた。ルイスはビクッと身体を震わせ振り返った。

窓から入ってきたのはダグだった。ルイスの怯《おび》えに気づいたダグは、「驚かせてすみません」と謝りながら中から鍵を掛けた。

「家の周囲を見回ってきました。ひとりで不安でしたか?」

「別に平気だよ。女子供じゃないんだから」

強がってそう答えたが、明らかにびくついた姿を見られてしまった。ルイスはキッチンに行き、換気扇の下で煙草を吸った。気まずいからキッチンに逃げたのに、ダグはすぐ後ろをくっついてきた。

「飲み物をもらっていいですか?」

「どうぞ。冷蔵庫の中にあるものは好きに飲んでいいよ」

ダグはダイエットコークを取り出し、シンクの縁に腰を預けて飲み始めた。

「煙草、臭いだろう? あっちで飲めば」

「気になりません。……俺が隣にいると邪魔ですか？」

傷ついたような顔で言うから、自分がひどい意地悪をしているような気分になってきた。

大体、悪いのは自分ではないはずだ。ゲイの自分を受け入れられないくせに、ルイスに惹かれたダグが悪い。本気で口説く気もないのに、好きだというオーラだけ発散させるのはある意味、とても悪質だし残酷だ。

自分こそが被害者なのに、どうしてダグを拒むたび罪悪感を覚えて苦しまなければいけないのだろう。まったくもって理不尽ではないか。

「ルイス。この際だからはっきり言ってください。俺のことをどう思ってますか？」

胸の中のもやもやをどうしてくれようと思っているこのタイミングでそんなことを聞かれ、本気でダグの頬を引っぱたきたくなった。

本当にこの坊やはどうしようもない。ヘテロとかゲイとかいう以前の問題だ。

「俺の気持ちを聞く前に、君の気持ちを教えてくれないか。君は俺が好きなのか？　好きだとしたら、俺と真剣につき合う気はあるの？　つき合うなら自分の大事な人たちに、俺を恋人だって紹介してくれる？　それって自分の家族や友人に対し、自分がゲイだってカムアウトすることだよ？　そんなことしたら親はきっと泣くね。友達だっていなくなるかもしれない。職場でも差別されるだろう。そういう覚悟があって俺に好意を寄せてくれているなら、俺も真剣に君の気持ちと向き合うつもりだ」

苛立《いらだ》ちをぶちまけるように、一気に最後まで喋りきった。ダグはルイスの剣幕に圧倒されたのか、完全に言葉を失っている。

——ああ、くそ。俺って最低だ。

言いたいことを吐き出してすっきりしたが、同時にどうしようもない自己嫌悪に見舞われた。

そこまで言う必要はなかった。

どうしてこうなんだろうと思う。いつも自分は言葉が多すぎるのだ。それなのに大事な場面では逆に言葉が足りず、人から心ない人間だと思われる。

シンプルな言葉でありのままの気持ちを伝えることは、本当に難しい。

「すまない。言いすぎた。君にそこまでのことは望んでないんだ。本当にごめん。俺が言いたかったのは、その、なんて言うのか、勢いで何度か寝て終わるような、そういう関係にはなりたくないってことなんだよ」

ダグは難しい顔つきでルイスを見ている。自分の正しい気持ちがちゃんと伝わっているのか不安になってきた。何もつき合う前に宣誓書にサインしろと言っているのではない。

自分の不安をわかってほしい一心で、ルイスは言葉を続けた。

「ダグ。はっきり言うよ。俺は君が好きだ。その気持ちは日を追うごとに強くなっているし、もし君が男と真剣に恋愛できる人間なら、俺は迷わず君を口説いている。今すぐでもベッドに連れ込みたいくらいだ」

今そうしたいという意味ではなく、それくらい好きだという喩《たと》えで言ったのだが、ダグは最後の部分に敏感に反応して瞠目《どうもく》した。ダグの動揺が伝染して、ルイスまで動揺してしまう。

「いや、違うんだ。だからつまり、それくらい好きでも君とはつき合えないって言いたいんだ。君は真面目な男だから、俺とつき合えばきっと苦しむ。ゲイだと認めることも辛いだろうし、認められなくて俺と別れることになっても辛いはずだ。俺だってそんなの辛い。だからお互いが傷つかないためにも、友達のままでいるのが一番いいと思う。わかってほしい」

ダグは拗《す》ねた少年のように唇を曲げている。明らかに不服そうだ。

「わかってもらえない？」

「あなたの言い分はわかります。でも納得がいきません。あなたにとって大事なのは、俺がどんなふうにあなたが好きで、どれだけ惹かれているかではなく、ゲイとして生きる覚悟があるのかどうかなんですね」

そう言われると返す言葉が見つからなかった。確かにダグの言うとおりだ。ルイスが気にしているのはダグの感情より覚悟ばかりだ。

「好きだという気持ちだけじゃ、駄目なんですか？　今はまだ無理でも、愛情が自然と覚悟を生むことだってあると思います」

そうかもしれない。でもルイスにはそういう言葉さえ、きれい事に聞こえてしまうのだ。多分、傷つきたくないから確かなものを求めたがっている。

「好きだっていう言葉だけを信じて、何度も痛い目に遭ってきたんだ。俺はもう恋愛で傷つきたくない」

ルイスはダグと目を合わさず答えた。ルイスにはルイスの言い分があり、ダグにはダグの言い分がある。何を言っても平行線だ。

「ダグ。あの夜、君と寝たのは大きな間違いだった。……もう寝るよ。おやすみ」

何も言えないでいるダグを残してキッチンを出た。ひどく疲れた気分だった。ダグと話し合ったことで、自分の本当の気持ちに気づかされてしまった。

ダグが悪いのではなく、自分の頑なな心に問題がある。ダグを好きだと思う以上に、自分を守りたがっている。結局は自分の気持ちのほうが大事なのだ。卑怯な自分をひたすら正当化して、すべてダグのせいにしてきた。

ルイスは何もかもが嫌になり、ベッドに倒れ込んだ。ごちゃごちゃ考えてばかりで、全然前に進めない。最初にダグに拒まれたせいで、すっかり及び腰だ。

せっかくダグが好意を寄せてくれているのだから、不安ばかりかき集めてないでつき合ってみればいいのに。駄目になった時はその時だ。またひとりに戻るだけ——。

「嫌だ……」

独り言がこぼれた。ダグを一度手に入れて、なのに失うなんて嫌だ。天国を味わったあとに地獄に突き落とされるようなものだ。だったら最初から天国なんて知らないほうがいい。

自分がこんなにも臆病だなんて知らなかった。ルイスはきつく目を閉じ、迫ってくるダグの面影を必死で追い払った。

翌朝、ダグと顔を合わせるのは気が重かったが、いつまでもベッドにいるわけにもいかず、七時を過ぎたあたりで一階に下りた。ダグはダイニングテーブルに座り、携帯で誰かと電話をしているところだった。

ルイスはパジャマ姿でキッチンに行き、二人分のコーヒーを淹れた。ちょうど抽出が終わった頃、ダグが通話を終えたのでテーブルにカップを運んだ。

「おはよう」

「おはようございます。コーヒー、ありがとうございます」

にこやかな顔を見て、ダグが昨夜の会話をほじくり返す気はないとわかり安心した。朝っぱらから憂鬱になる話はしたくない。

「泊まってくれてありがとう。おかげで安心して眠れたよ」

向かい合ってコーヒーを飲みながら礼を言った。ダグは「それはよかったです」と頷いてから表情を引き締めた。

「実は、さっき電話していた相手はパコなんです。あなたが何者かに襲われたことは昨夜のうちに報告していましたが、警護をつけられるかどうかは上の判断もあって、すぐには無理だと言われました」

「警察の警護はいらない。家の前にパトカーが駐まっていたり、玄関の前に警察官が立っていたりするような状況はごめんだ。必要なら自分でボディガードでも雇うよ」

「ええ。ぜひそうしてほしいんです」

てっきり文句を言われると思ったのに、ダグは我が意を得たとばかりに食いついてきた。

「パコの知人で警備会社に勤務しているボディガードがいるんです。元軍人で腕は確かだという話です。あなたさえよければ、今から来てくれるそうです。雇ってくれますか?」

「え、ちょ、ちょっと待って。今から?」

「ええ。俺はこれから仕事に行かなければなりません。ひとりにするのは心配です」

「だったらホテルにでも行くよ」

「ホテルだからって安心はできませんよ。それにスモーキーはどうするんですか? 留守番させている間に、彼に何かあったら?」

惨殺された黒猫を思い出し、ルイスはとてもではないがスモーキーを置いて家を空けられないと思った。自分だけではなく、犯人がスモーキーにも危害を及ぼすことは十分に考えられる。

気は進まなかったが背に腹は代えられず、ルイスはパコの知人をボディガードとして雇うことにした。どういう人間かわからないが、刑事が推薦するなら人選に間違いはないだろうし、気に食わなければ警備会社に変更を頼めばいい。

約一時間後、パコと連れだって現れたのは、ダークスーツを着た長身の男だった。たくましい体格だが元軍人というより、顔も身体も完璧《かんぺき》なまでに整っているのでモデル出身のアクション映画俳優と言われたほうがしっくりくる。

男はディック・エヴァーソンと名乗り、挨拶《あいさつ》もそこそこに家の周囲を見て回ってくると言い、ひとりで外に出ていってしまった。ルイスとは違って天然の金髪の持ち主で、瞳は冴《さ》え冴《ざ》えとした美しい青色だ。まったく欠点が見当たらない外見だが、強いてマイナス点について言及するなら、愛想の悪さが玉に瑕《きず》だった。

「リデルさん。警護の件、許可が下りなかったことを深くお詫びします」

パコに謝罪され、ルイスは「気にしないでくれ」と微笑んだ。

「どうせ警察は俺が捜査の攪乱《かくらん》を狙って、自作自演で騒いでるって考えているんだろう。それが君の考えなのか、上とやらの考えなのか知らないけどね」

にこやかに毒を吐くルイスに、パコは苦い顔で「考えすぎですよ」と応じた。

「ディックは軍の特殊部隊にいた有能な男です。彼がいれば心配はない」

「心配ならおおありだ。俺がゲイだって知ってるくせに、あんなハンサムなボディガードを連れてくるなんてひどいじゃないか。俺が彼に惚れたらどう責任を取ってくれるんだ?」

「え」

驚いたのはダグだった。くだらない冗談をいちいち真に受けるなと言わんばかりに、パコがすかさず脇腹に肘鉄《ひじてつ》を食らわせる。

「ディックを誘惑したければご自由に。では俺とダグは捜査があるので、これで失礼します。行くぞ、ダグ」

ダグはルイスの戯《ざ》れ言を本気にしているのか、気がかりそうに何度もルイスに視線を投げながら出ていった。

「リデルさん。昨日、何者かが家に侵入したそうですが、どこから入ったかわかりますか？」

ふたりと入れ違いでディックが部屋の中に戻ってきた。

「リビングルームの窓の鍵をかけ忘れて出かけたみたいだから、多分、そこからだと思う」

ルイスが指さした窓に近づき、ディックは鍵の具合を確認した。

「パコみたいに俺もディックって呼んでいい？」

「ええ。構いません。では俺もルイスと呼ばせてもらいます」

「ああ、そうしてくれ。じゃあディック。先に確認しておきたいんだけど、君もゲイだよね？」

ディックは無表情にルイスを振り返った。その顔には驚きも戸惑いも焦りもない。白を切るつもりだろうかと思ったが、ディックはわずかに唇を動かし気配だけで笑った。

「鋭いですね。俺はゲイであることを隠してはいませんが、一目で見抜かれたのは初めてです。なぜわかりました？」

「俺は大事なクライアントなのに、最初から俺を見る目がやけに素っ気なかった。意識的に避けてる感じがしたから、きっとゲイだろうなって思った。俺がゲイなのはパコから聞いて知っていたんだろう？　もしかしたら俺を牽制《けんせい》してた？　だったらちょっと自意識過剰だね。悪いけど君のような完璧すぎる男は、まったくタイプじゃない」

怒るかと思ったが、ディックはルイスの毒舌をむしろ面白がっているようだった。珍獣でも見るかのような顔つきで、「なるほど」と頷いた。

「パコがあんたを苦手だと言う理由がよくわかった」

ディックの口調が砕けた。堅苦しいのは好きではないので、このほうがずっと喋りやすい。

「それはお互い様だよ。パコは俺を殺人事件の犯人だと思ってる。俺に前科はないし税金だってちゃんと納めている。善良な市民に対して失礼な話だよ。まったく頭にくる」

「人を疑うのが彼の仕事だからな。でもあんたを守りたいとも思っている。うちの会社の新人ボディガードを寄越《よこ》そうとしたら、経験の浅い人間にあんたの警護は任せられないとクレームをつけられた」

ルイスは驚いてディックの整った顔をまじまじと見てしまった。

「本当に？」

「ああ。パコにどうしてもと頼み込まれて、それで俺が来たんだ。……まずは契約書だ。あんたがサインしてくれたら正式契約になる」

ディックは持参した鞄《かばん》から茶封筒を出し、ルイスに差し出した。中身を確認してルイスは閉口した。

「これ、全部読まなきゃいけないのか？　すごく細かいことまで書いてある」

「決まりだから頑張って読んでくれ。コーヒーでも淹れようか？」

ルイスは「頼む」と答え、ダイニングテーブルで契約書に目を通し始めた。二人分のコーヒーを持って戻ってきたディックは、ルイスの向かい側に座って「いい家だな」とリビングルームを見回した。

「ありがとう。借家だけどね。恋人はいる？」

「ああ。一年前から一緒に住んでる」

コーヒーを飲むディックの表情がわずかにやわらいだ。それだけで彼が自分の恋人をどれだけ愛しているのかがわかり、素直に羨ましくなった。

「じゃあふたりとも周囲にはカミングアウトしてるんだ」

「俺の恋人は職場では公表してない」

「ふうん。でも上手くいってるんだろう？　そういえば俺の昔の知り合いなんだけど、最近、男同士で結婚式を挙げたんだって。すごくちゃらい男で、昔は毎晩のように相手を取っ替え引っ替えしていたのに、結婚だって！　笑っちゃうよね。きっとすぐ浮気して、相手に逃げられるに決まってる」

「奇遇だな。俺の知り合いにも結婚したカップルがいる。だがあんたの知り合いとは違って、ふたりとも誠実な男だ。きっとパートナーのことを一生大事にするだろう」

ルイスは半分ほど契約書を読み終えたところで、「君は？」とディックに目を向けた。

「誓約式でもして、恋人と生涯の愛を誓い合ったりしないの？」

「あらためて誰かの前で誓わなくても、毎日心の中で誓ってる」

照れもせず答えるので、ルイスのほうが恥ずかしくなった。見た目はクールなのに意外と情熱的な性格らしい。

「それ以上、のろけたら契約書にはサインしないからな」

「自分で聞いたくせに。……あんたはどうなんだ？　ダグに気があるんじゃないのか？」

ルイスは眉根を寄せ、「パコに聞いたのか？」とディックをにらんだ。

「可愛がっていた部下が、質の悪い年上の男に引っかかったとぼやいていた。しかも相手は事件の容疑者で、最悪だとも愚痴っていたな」

ディックに愚痴るパコの渋面が目に浮かぶようだった。

「パコが何を言ったか知らないけど、俺はダグを突っぱねているんだ。ダグは今までストレートとして生きてきた男だ。そんな相手とつき合っても、最後は振られて終わりじゃないか」

「俺の恋人も以前はストレートだった。でも今は俺と幸せに暮らしている」

ルイスは「はっ」と息を吐き、大きく頭を振った。

「君らは上手くいったかもしれないけど、そういうのは珍しいケースだろ？　俺はダグとつき合って幸せになる自信はない。恐ろしく不安だらけだ。絶対に上手くいきっこない」

我ながら自分のネガティブさに呆れた。昔はこんなマイナス思考ではなかったのに、と情けなく思った。将来は誰からも嫌われる頑固ジジイ決定だ。

「あんたの気持ちはわからないでもない。俺も恋人の愛情を受け入れるのが怖かった」

ディックは窓の外に目を向けながら、天気の話でもするような口調で言った。

「何が怖かったんだ？　俺と同じで相手の心変わりが？」

「いや。俺が怖かったのは、恋人が俺のせいで不幸になることだった」

そんな不安を持ったのは軍隊にいたからだろうか。いつ死んでしまうかもしれないから、相手を幸せにできないと思ったのかもしれない。

だとしたら自分とは大違いだ。ルイスは自分が傷つきたくなくて逃げているが、ディックは相手を傷つけたくなくて迷ったのだ。

「パコに聞いたが、ダグはあんたの無実を信じて必死で捜査したみたいだぞ。勝手なことばかりするものだから、上司に相当強く叱責《しっせき》されたらしい」

「え……」

知らなかった。そんなこと、ダグはひとことも言わなかった。

「不安なのはわかるが、ちゃんと考えてやったらどうだ。……ところで、あいつは俺が嫌いみたいだな」

ディックがルイスの背後に目を向けながら呟いた。

「え？」

なんだろうと思って振り返ると、パキラの鉢植えの陰に隠れたスモーキーが、毛を逆立ててディックをにらんでいた。

7

「ディックには急なことですまなかった。……ああ、わかってる。また連絡するよ」

ルイスの家を出たあと、パコはダグの車の助手席で誰かに電話をかけ始めた。ディックのことを話題にしているところを見ると、相手は彼の家族か恋人だろう。

電話を切ったパコに誰と喋《しゃべ》っていたのか尋ねたら、ユウトだと教えられた。

「ディックは弟のルームメイトなんだ。それで俺の急な頼みを聞いてくれたってわけだ。ディックなら安心してリデルの警護を任せられる」

パコはそう言うが、ダグは心配だった。あんな格好いい男に始終べったりそばにいられたら、ルイスは本当にディックに好意を持ってしまうかもしれない。ルイスは冗談交じりに言ったが、いくらかの本心が混じっていた可能性だってある。

しかしさすがにそんな女々しい心配事をパコに打ち明けるわけにもいかず、ダグは「驚きました」と無理矢理に明るい声を出した。

「パコがルイスのためにボディガードを探してきてくれるなんて、思いもしませんでしたよ」

「リデルの身に何かあったら、俺は自分を一生許せなくなる。猫が殺されただけで警護なんて必要ないと言ったのは、この俺だからな」

確かにパコは警護に反対した。だが最終的な判断を下したのは課長だ。

ダグが躍起になって集めてきたビーチの防犯カメラの映像や目撃者情報のおかげで、ルイスは第一容疑者からは外された。しかしカメラに写っていたのは車だけだし、目撃者も運転手の顔まではっきり覚えていたわけではなかったので、共犯者がいればいくらでも細工はできるという意見もあり、完全にルイスの容疑は晴れなかった。そういう最中で野良猫殺しが起き、逆にタイミングがよすぎるという穿《うが》った見方まで出る始末だった。

「しかし俺はまだリデルを、完全に白だとは思ってないぞ」

「ディックに警護を頼んだのに？　それって矛盾してませんか？」

「してない。リデルが何者かに狙《ねら》われたからといって、コリンズを殺していないとは言い切れないだろう。それとこれとは別問題だ。犯人を逮捕するまでは、少しでも怪しい奴はみんな容疑者だよ」

憮然《ぶぜん》とした表情で語るパコを横目で見つつ、ダグはこっそり溜《た》め息《いき》をついた。心の中ではルイスが犯人ではないと思っているはずなのに、頑固な人だ。意地になって引くに引けなくなっているのだろうか。

「ルイスは犯人じゃありません。いい加減に容疑者扱いはやめてください」

「……お前、変わったな」

パコがちらっとダグを見た。意味ありげな視線だった。

「どこがです?」

「穏やかで感情的になることもなく、誰とでもそつなく上手くつき合える。責任感は人一倍強いが、そのくせ決められた枠の外には出て行かない。俺はそういう真面目なお前を買っていたが、正直に言えばもどかしさも感じていた。……だからリデルのために勝手な捜査をしたお前に、本音を言えば少し安心した」

パコの意外な言葉に驚き、ダグは「だけど」と言い返してしまった。

「捜査に私情を持ち込んだんですよ?」

「私情で動くのはもちろんいけないことだが、お前は刑事の目で見てリデルは犯人じゃないと思ったんだろう? 私情で捜査をねじ曲げることは絶対に許さない。だが自分の信念に基づいた暴走なら俺は評価する。まあ、そんなことばかりしていたら、絶対に出世はできないがな」

胸が熱くなった。どうしようもない部下を持ったと呆《あき》れられているとばかり思っていたから、パコが自分の勝手な行動を認めてくれていたと知り、感謝の気持ちが湧いてくる。

「……ところで。お前とリデルの関係はどうなっているんだ?」

パコがいきなり探りを入れてきた。今度はダグが憮然とする番だった。

「別にどうにもなってません。ルイスは俺が根っからのゲイじゃないので、つき合ってもすぐ駄目になると決めつけてるんです。ゲイとして生きる覚悟がない相手は、お呼びじゃないんでしょうね」

好きなのはもう認めている。いつだってルイスのことが頭から離れず、年上なのにどこか放っておけなくて、できることならずっとそばにいたいと思う。彼が笑えば胸が高鳴り、冷たい顔をされれば少年みたいに心が傷つく。この気持ちが恋でなくて、なんだというのだ。

だから今はもうゲイの自分を否定するつもりはなかった。けれどゲイとして生きていく覚悟を持つことと、ルイスへの愛情の有無はまた別の問題ではないかと思ってしまう。恋愛と自分の生き方をひとまとめにすることには、どうしても違和感があるのだ。

ルイスの気持ちもわからないではないが、上手《うま》くいくかどうかは実際につき合ってみなければわからない。仮にダグが周囲にゲイだとカミングアウトしてからルイスとつき合ったとしても、駄目になる時は駄目になるだろう。恋愛の継続に必要なのは覚悟ではなく、相手への愛情の深さではないか。

一生愛するとか、死ぬまで大事にするとか、そういった耳触りのいい甘い言葉を口にするのは、昔から抵抗があった。人間の気持ちに絶対はない。今はものすごく好きでも、十年後も同じ気持ちでいるかどうかなんて、誰にもわからないはずだ。

だからこれまで恋人には、その手の言葉を囁《ささや》いたことはない。その時々の真剣な気持ちは伝えられても、未来の気持ちまで軽々しく誓うのはどうしても嫌だった。ダグにとってはそれが相手への誠意だったが、逆に相手からは何も約束をしてくれないなんて誠意がないと詰《なじ》られた。

そういったこれまでの経験があったせいで、昨夜のルイスの言い分に不服を唱えてしまったのだ。女性が恋人に未来の気持ちを誓わせたがるのと、ゲイの男性が相手にもゲイとして生きる覚悟を要求することは、果たしてイコールなのかどうかはわからないが、どちらも将来の保証がなければ、今どれだけ愛されていてもそれだけでは満足できないという部分は同じだ。

ダグは納得しがたい気分を払拭《ふっしょく》できず、パコにそれらの気持ちを率直にぶつけてみた。パコなら自分の気持ちをわかってくれるのではないかという期待があったからだ。

ところが返ってきた答えは、「それはお前が悪い」という冷たいものだった。

「相手が安心できる言葉を与えてやるのも愛情だろう。お前は無責任な言葉を口にしないのが誠意というが、その誠意とやらは誰のためのものなんだ?」

「誰って、そんなの決まってるじゃないですか。相手に対する誠意ですよ」

「そうか? 俺には自分が悪者にならないために、予防線を張ってるだけに思えるけどな」

パコはダグを責めるつもりはないのか、やんわりした口調で続けた。

「女が本当に求めているのは誓いそのものじゃなくて、相手が永遠の愛を誓いたいと思うほど、自分のことを大事に思ってくれているかどうかじゃないのか。誰だって自分が十年先も同じ気持ちでいるかなんてわからないさ。でも十年先まで相手を愛していたいと思う気持ちがあるなら、相手のために誓ってやればいいだろう。いつか別れることになっても、本気で愛してちゃんと向き合って生きてきたなら、相手は昔の誓いを持ち出して誠意がないなんて言わないはずだ」

パコの言葉に反論の糸口を見つけられず、ダグは黙り込んだ。そういうふうに言われると自分の誠意とやらが、ひどく薄っぺらに感じられる。

「思ってもいない甘い言葉をぺらぺら囁くのは最低だが、愛情があるなら時には優しい嘘《うそ》も必要だ。お前に気があるはずのリデルが、ごちゃごちゃと言い訳してお前を拒むなら、それはお前の気持ちに物足りなさを感じているからだよ。お前の本気さ加減がわからないから、不安を拭《ぬぐ》いきれないんだ」

そう言われると、本当の恋心をまだ理性で抑えつけている気もしてきた。いろいろと頭で考えすぎて、まだルイスに本気でぶつかっていないのは確かだ。

街の中心部に近づくほど朝の渋滞に巻き込まれて、車の流れも遅くなる。膠着《こうちゃく》する道路は今の自分の気持ちのようだった。

ダグはブレーキを踏んで、「正直言うと、まだ迷ってます」と率直に打ち明けた。

「ルイスが好きなのは本当なんです。でも本音を言えば不安だらけです。すごく好きなのに、どこかで自分にストップをかけてしまっている。想いのままに突き進めない」

答えは期待していなかったのに、パコは「それが普通だろ」と前を見ながら口を開いた。

「いきなり男に惚《ほ》れたら、誰だって迷うし逃げたくもなる。こんなのおかしいって自分を責めて、だけど相手に会うたび気持ちが揺れて、もう何が正しくて何が間違っているのかわからなくなるんだ。迷路に迷い込んだようなものさ」

びっくりしてパコの横顔を二度も見てしまった。まるで自分も男を好きになって、ひどく悩んだことがあると言うような口ぶりだ。

「なんだ?」

「あ、いえ。ちょっとびっくりしちゃって。パコがそんなふうに理解を示してくれるなんて、思わなかったものですから」

パコはしばらく黙っていたが、急に声をひそめて「内緒だぞ」と言った。

「ディックはユウトの恋人なんだ。それでふたりは一緒に暮らしている」

「え……っ?　そ、そうだったんですか?」

ダグは庁舎で見かけたユウトの顔を反射的に思い浮かべた。

彼とディックが恋人同士——。

お似合いと言えばお似合いだが、ゲイの世界の入り口で悩んでいる自分のことは棚に上げて、どちらも女性にもてそうなのに、なんてもったいないと思ってしまう。

「あ、じゃあ金髪のナイスバディって、ディックのことだったんですね」

「そういうことだよ」

パコは苦々しい表情で頷《うなず》いた。マイクもディックのことを知っているから、パコの苦し紛れの言葉に大笑いしていたのだろう。確かに男なら誰でも憧《あこが》れる素晴らしい体格の持ち主だ。

「ユウトはディックに会うまで、男になんかまったく興味はなかった。だから俺は最初、ディックが気に食わなかった。大事な弟をたぶらかしやがってと思い、あいつに理不尽な怒りさえ向けていた。けど、ふたりを間近で見ているうちに、段々と気持ちが変わってきた。ふたりは強い絆《きずな》で結ばれていて、お互いを深く愛している。必要としている。そのことがわかったから、俺はふたりの関係に口出ししないと決めたんだ。今ではディックとも仲よくつき合ってる。だから別にゲイに理解がないわけじゃないんだ。ただな、女もいけるなら女にしとけと思う。それが正直な気持ちだ。……ダグ。お前がもしまだ引き返せる場所にいるなら、俺は引き返してほしいと願ってる」

ダグのこれからの人生を思うからこそ、パコは正直な気持ちを口にしてくれているのだ。決して偏見からではない。それがわかったからダグも嘘偽りのない気持ちを伝えたくなった。

「俺もできれば引き返したいと思います。そのほうが楽に生きられるし、人生に余計な波風も立たないだろうし。……でも多分、無理です。ルイスが俺の気持ちを受け入れてくれるかどうかわかりませんが、俺はあの人を諦《あきら》めたくない。だから本気でぶつかってみます」

パコは「そう言うと思った」と苦笑を浮かべ、ダグの頭を乱暴に撫《な》でた。

「お前がそう決めたなら好きにしろ。色ボケして捜査に手を抜かない限り、俺はもう何も言わないよ」

「ありがとうございます」

パコの言葉に気持ちが引き締まると同時に、ルイスを襲った犯人を取り逃がしたことが、返す返すも悔やまれた。コリンズ殺害犯とルイスを殺そうとした犯人が同一人物かどうか、今のところはまだ判断がつかないが、あの時に捕まえていれば事件の解決に繋《つな》がったはずだ。

「もう一度、ウエインを調べさせてもらえませんか。昨夜のアリバイを確認したいんです」

ダグの申し出にパコは難しい顔つきになった。

「ウエインには猫の殺害時、完璧《かんぺき》なアリバイがあるぞ」

「それはわかってますが、昨夜、俺が取り逃がした男は、どうしてもウエインだったような気がしてならないんです」

「暗がりでよく見えなかったのに？」

パコが冷静に指摘してくる。ダグは引き下がらず「そうです」と答えた。

「後ろからしか見てませんが、身長と肉付きはウエインに似てました。犯人は足がすごく速かった。あれは体力のある若い男です。……ウエインはルイスを嫌っていました。これは俺の想像ですが、コリンズが自分を捨ててルイスとやり直すと思ったウエインは、カッとなってコリンズを殺し、その罪をルイスになすりつけようとしたんじゃないでしょうか。それだけでは飽きたらず、今度はルイスまで襲った。実際、ルイスは電話でコリンズからやり直そうと言われています」

「あれはコリンズの手だとルイスは言ってたぞ」

のろのろと進む車の中で、ダグはここぞとばかりに自分の考えを口にした。

「ルイスはそう思ったかもしれませんが、コリンズの気持ちは本人でなければわかりません。久しぶりの再会で焼けぼっくいに火がついて、本気でウエインと別れてルイスとよりを戻したくなったのかもしれない。コリンズ殺害時のウエインのアリバイは、友人のサム・ビルナーが一緒にいたと証言していますが、友人なら偽証の可能性もある。猫の殺害はウエインには無理ですが、もしサムが偽証していれば、彼がウエインに頼まれてやったとも考えられませんか」

「乱暴すぎる推理だな。……だがお前がそこまで言うなら、サムの共犯の可能性を視野に入れて好きなだけ調べてみろ」

パコの許可を得て、ダグは張り切った。しかしその日、ウエインを呼び出して事情聴取を行ったダグは、思いがけない事実を知ることになった。

「俺がディビッドを殺すわけないだろ。馬鹿馬鹿しい。俺は彼を心から愛していたんだ。殺す理由なんてまったくない」

反抗期のティーンエイジャーのように、ウエインは唇を尖《とが》らせダグをにらんだ。

「愛しているから相手の裏切りを許せなくて、強い殺意を抱くこともある。……コリンズは君を捨ててルイスとよりを戻そうとした。それでカッとなってやったんじゃないのか?」

「やめてくれ! そんなこと全部でたらめだっ。ディビッドは俺を捨てたりしない……っ」

ウエインは怒りに満ちた表情で机を叩《たた》いた。事実を指摘されて取り乱しているようにも見える。パコは壁際に立ってダグの取り調べを傍観している。ちらっと見たが何も言わない。好きに進めていいらしい。

ダグはさらにウエインに揺さぶりをかけるために、「そうかな」と冷たい声を出した。

「あの事件の夜、コリンズはルイスに電話をかけている。ルイスの証言によると、復縁を望む内容の電話だったらしいが――」

「嘘だ！　ルイスは嘘をついてるんだ。逆だよ。映画化権の交渉のために電話をかけたディビッドに、あいつが復縁を迫ったんだ。俺と別れて自分とまたつき合うなら、映画化権を渡してもいいって言った。でもディビッドが断った。それでカッとなってディビッドを殺したんだ。絶対にそうだよ」

単に思い込みの激しい性格なのかもしれないが、やけに確信に満ちた口調なのが気になった。

「証拠はあるのか？」

「……証拠はない。でもそれしか考えられないだろ？」

ルイスに自分の犯行を押しつけようとしているなら、もう少し冷静に対処できそうなものだ。しかしウエインは役者だから、感情的な姿を演出している可能性もある。

「残念だがルイスはあの夜、コリンズの家には行ってない。アリバイがあるんだ」

「アリバイなんて、どうにでも細工できる」

「そうだな。たとえば友人に、ずっと一緒にいたと偽証してもらったりしてな」

ウエインは「本当に勘弁してくれよ」と溜め息交じりに言い、両手で顔を覆った。

「何度も言ってるだろう？　あの夜は本当にサムとずっと部屋にいたんだ」

「何度も聞いたよ。だがもう一度、確認を取りたい。それなのにサムは今、旅行中でＬＡにいないときている」

タイミングの悪いことに、サムは昨日からカナダに旅行に出かけていた。戻りは一週間後らしい。まずはサムを叩いてアリバイの偽証を吐かせ、そこからウエインを自供に追い込む算段をつけていたので、予定が狂いまくりだ。

「質問を変えよう。昨夜の七時頃、君はどこにいた？」

ウエインの目が一瞬だけ泳いだ。コリンズ殺害の疑いには強い怒りで反応したのに、この質問には動揺した。怪しい。ダグは間髪《かんはつ》を容《い》れずに「答えるんだ」と追及した。

「昨日はなんの予定もなかったから、ずっと家にいた」

「証明できるか？」

「それは無理だ。ひとりきりで家にいたんだから。でもどうしてそんなことを聞くんだ？」

「昨日、ルイスが自宅で何者かに襲われた。殺されそうになったんだ。君なら動機はあるよな。ルイスがコリンズを殺したと思っているんだから、彼に復讐《ふくしゅう》したいはずだ。違うか？」

ウエインの主張を逆手に取って追いつめようとしたが、ウエインは急に「さっきの言葉を撤回する」と言いだした。

「ルイスがディビッドを殺したなんて本当は思ってないんだ。俺は彼が嫌いだから、犯人だったらいいと思って言っただけだ。実際はキムが犯人じゃないかって疑っている」

「キム？　ルイスのエージェントのキム・ロズリーのことか？」

「ああ。そうだ」

脱力しそうになった。コリンズ殺害容疑とルイスを襲った容疑の、どちらからも逃れようとして、適当なことを並べ立てているとしか思えない。

「なぜキムが犯人だと思うんだ。根拠を言え」

「キムはルイスに事後承諾で、『ブラック・ティアーズ』の映画化権をディビッドに渡そうとしていたんだ。必ずルイスに承諾させると約束して、ディビッドから契約金の前金を受け取っていた。なのにあの夜、交渉はまとまらず、ルイスは怒ってレストランを出て行ってしまった。それでディビッドは話が違うとキムをひどく詰った。交渉がまとまらなければ、先に渡した七万ドルを明日にでも返せと迫っていた。キムは真っ青だった。あの様子じゃ、前金は使ってしまって、手元にもうなかったんじゃないかな」

ダグはパコを見上げた。パコの表情は恐ろしく険しい。信憑性《しんぴょうせい》があると考えているのだ。

「出任せを言ってるんじゃないだろうな」

「本当だって。疑うならキムに直接聞けばいいだろ。……もうひとついいことを教えてやるよ。

映画の企画がボツになった場合、原作者はもらった前払い金は返さなくてもいいんだ。そういう契約になってる」

それが本当ならコリンズが死ねば、キムはルイスに内緒で七万ドルもの大金を着服できることになる。

「ダグ。ちょっと来い」

パコの指示に従い、ウエインを取調室に残して廊下に出た。

「どういうことでしょう？　キムとコリンズの間に金銭トラブルがあったなんて初耳です」

「キムを呼んで直接、確認するしかないな。……今日のところはウエインを帰そう。サムが旅行から帰ってくるまで、どうすることもできない」

残念だがこのまま拘束できるだけの証拠もない。パコの言うとおりにするしかなかった。

「ウエインは勘違いしている。私は原作者じゃないから勝手に契約なんてできないわ」

キムは毅然《きぜん》とした態度で、目の前に座るダグとパコを交互に見た。

「あなたはリデルさんのエージェントだ。代理人として、あらゆる契約書を交わせる立場にあるはずです」

パコの言い分に対し、キムは「契約にはルイスのサインが必要よ」と見下したように笑った。

「彼はあなたに全幅の信頼を寄せている。適当な説明でサインだけさせることは可能でしょう」

「無理よ。ルイスは馬鹿じゃない。私の説明を信用して中身をいちいち確認しないこともあるけど、それがなんの契約書かくらいは一目で見抜いているわ。それにね。原作者が映画化を許諾する時は、アメリカ連邦著作権局が発行した著作権登録証が必要になるの。これはルイスが持っている。その登録証なしに映画化権を誰かに売ることなんてできない」

キムはいっさい感情的になることなく、理路整然とした物言いで話を続けた。

「ではコリンズさんから受け取った七万ドルは、どういうお金なんですか？」

「確かに私はディビッドからお金を受け取ったわ。でもあれは契約の前払い金じゃない。あのお金は、映画化権取得をディビッドに優位に進めると約束した私への謝礼よ。『ブラック・ティアーズ』を映画化したがっているのはディビッドだけじゃない。でも私ならルイスを説得して、ディビッドに映画化権を取得させることが可能だった」

ダグは「つまり賄賂《わいろ》ですか？」と口を挟んだ。

「まあ、そういう言い方もできるわね。私は仲介料と考えているけど」

「それにしては高額ですね。あなたが受け取った仲介料の額だけ、もしリデルさんに支払われる契約金が減るのなら、あなたのやっていることは立派な中抜きですよ」

パコが違法性を指摘しても、キムはまったく動じなかった。いくらでも言い逃れできると思っているのだろう。パコは質問の矛先を変えた。

「レストランで食事をした際、リデルさんはコリンズさんの出した条件が気に入らず、怒って帰ってしまった。その後、コリンズさんは約束が違うとあなたを詰ったそうですね。どう思われましたか？」

「そりゃ頭にきたわよ。だけどあの場では責められても仕方がなかった」

パコはキムの顔色を窺《うかが》いながら質問を重ねた。

「リデルさんがコリンズさんに映画権を渡さなかったら、当然、あなたは七万ドルを返さなければいけませんよね。だが七万ドルはもう手元にはないはずだ」

それまで平然としていたキムの顔が、わずかに強張《こわば》った。

「あなたの夫、フリッツが経営する会社は、財政状況が非常に厳しかったようですね。はっきり言えば、資金繰りが悪化して倒産寸前で、銀行からも融資を断られている。なのにどういうわけか持ちこたえた。あなたが手に入れた七万ドルのおかげでしょう？　だから今さら返せと言われても無理な話だ。だがコリンズさんが死んでしまえば、七万ドルは完全にあなたのものだ。違いますか？」

「そうかもね。でも私はディビッドを殺してなんかない。あの夜はフリッツと家にいたもの」

「共犯の可能性がある人物の証言は証拠になりません。実際に手を下したのはフリッツ？」

キムは苛立《いらだ》ったように「やめてよっ」と叫んだ。

「フリッツがそんな真似《まね》するはずないじゃない。あなたたち勘違いしてる。私にはディビッドを殺す動機がない。なぜなら私にはルイスを説得できる自信があったもの。最終的には、必ずルイスにイエスと言わせせられたわ。そうしたら何もかも上手くいったのよ。たかが七万ドルのために、殺人なんかするわけないじゃない。……これ以上は何も話さないわ。まだ質問したいのなら、今すぐ弁護士を呼んで」

パコは「その必要はありません」と言って、開いていたファイルを閉じた。

「今日はもうお引き取りいただいて結構です」

「そう。ありがとう」

キムが立ち上がった。ダグも立ち上がり、キムのためにドアを開けた。

「ロズリーさん。ルイスが昨夜、何者かに襲われたことをご存じですか？」

「ええ。今日のお昼頃、電話で聞いたわ。ボディガードを雇ったらしいわね」

ダグがわざと黙っていると、キムは不愉快そうに眉根を寄せた。

「何？　まさか私を疑っているの？」

「いえ、そうは言ってませんが――」

「冗談じゃないわ。金の卵を産むガチョウを殺す馬鹿がどこにいるのよ。あの子はまだ若いし、これからいくらでも稼いでくれるのに、その大事な金蔓《かねづる》に私が危害を加えるわけないでしょ。馬鹿馬鹿しい」

キムはハイヒールをカツカツと鳴らしながら去っていった。怒りをたたえた後ろ姿を見送っていると、パコが隣にやって来て「女は怖い」とぼやいた。ダグもまったく同感だった。

パーカーセンター近くのカフェでコーヒーをテイクアウトしたダグは、すぐそばの公園のベンチに腰を下ろした。考え事をしたい時、たまに来る場所だ。

天気がいいので外で飲むコーヒーがうまい。ダグはカフェラテを啜《すす》りながら、今日会ったウエインとキムのことを考えた。

ふたりとも犯人になりうる動機があるにはあるが、決め手に欠ける。それに今のところ物的証拠がないので、どうすることもできない。ウエインのほうは、とにかくサムが旅行から帰ってこないことには、アリバイを崩せないのでお手上げだ。

キムの夫にも会って話を聞くべきだろうかと考えていたら、隣にダグと同じように紙コップのコーヒーを持った男が腰を下ろした。何気なく横顔を見て驚いた。コーヒーを飲みながら新聞を読んでいるのは、パコの弟のユウトだったのだ。

「あの、ユウトですよね？　俺はダグです。パコと一緒に働いてます」

いきなり話しかけられたのに、ユウトは驚きもせず笑みを浮かべてダグを見た。

「知ってる。この前、エレベーターで一緒になったな。パコからも君の話は聞いてるよ。分署から異動になってまだ日が浅いんだって？」

「はい。一か月ほどです。パコには本当によくしてもらっています」

「俺と君とは同じ年だ。だったらそんな丁寧に話すことないじゃないか。パコは厳しいだろ？　それに頑固だ。まあ、俺も頑固なんで人のことは言えないけどさ」

気さくに喋るユウトを見ていたら、つい気がゆるんで余計なことを言ってしまった。

「今朝、ディックに会ったよ。すごくハンサムで驚いた。君らはお似合いだ」

恋人を褒められたら喜ぶと思ったのだが、ユウトは怪訝《けげん》な顔つきになった。

「俺とディックの関係、どうして知ってるんだ？　まさかディックが話したのか？」

「あ、いや、違う。そうじゃないんだ。……パコに聞いた。すまない」

「パコが？　そうか。パコが話したのか。君のこと、よっぽど信用しているんだな」

ユウトは苦笑してコーヒーを飲んだ。こんな場所で、よく知らない相手からいきなりプライバシーにかかわる話をされたら、誰だって不快になる。本当にうっかりしていた。

驚かせたお詫《わ》びではないが、ダグも自分のプライバシーを口にするべきだと思った。

「パコは俺がこの年になって急に同性に惹《ひ》かれて悩んでいるものだから、それで見かねて君とディックのことを引き合いに出して、アドバイスを与えてくれたんだ」

ユウトは意外そうな表情で「本当に？」と呟《つぶや》いた。

口にするのは勇気がいったが、同じような経験をしたユウトに話してみたくなった。どうやって問題を解決したのか知りたい気持ちもあった。

「ああ。好きになった相手は、ディックが警護してくれることになったルイスって人で、実は事件の容疑者でもあるんだ。俺は無実だと信じているけど」

「……それは、いろいろと大変そうだな」

ユウトは同情するように小さく頷いてから、ダグに優しい目を向けた。

「で、悩みは解決しそう？」

「わからない。すぐには無理だろうな。パコが言ってたけど、君はディックと出会うまで男には興味がなかったんだろう？　彼を受け入れるまですごく葛藤《かっとう》があったと思うけど、どうやって乗り越えた？　つき合うことになった時、不安はなかった？」

ユウトの口から重々しい言葉がたくさん出てくるのではないかと思っていたが、そんなことはまったくなかった。ユウトはなぜか楽しい日々を振り返るように笑みを浮かべ、「どうだったかな」と呑気《のんき》な言葉を口にした。

「好きになったあと、事情があってディックとは離ればなれになってしまったんだ。だからもう一度、彼に会いたいっていう気持ちしかなくて、男に惹かれる葛藤みたいなのは、あんまりなかったかもしれないな。再会してからもいろいろあって、本当にいろいろあってまた離れた。ディックのことは諦めたほうがいいと思った末に、また再会してやっと気持ちが通じ合ったものだから、安堵《あんど》のほうが大きくて先の不安はまったく感じなかった。これからはずっと一緒にいられるっていう喜びしかなかったんだ。……ごめん。あんまり参考にならないな」

ユウトは少し恥ずかしそうな表情で謝った。喋りすぎたという顔つきだ。

「いや、いいんだ。聞かせてもらえて嬉しかった。君らはいろんなことを乗り越えて、今はふたりで幸せに暮らしているんだな」

「まあね。でも喧嘩《けんか》はしょっちゅうするし、そのへんは男女のカップルと変わりないよ。男同士だってことを気にしているのは、むしろディックのほうかな」

ダグは不思議に思い、「どうして?」と尋ねた。

「ディックは俺に引け目を感じてるんだ。自分とさえ出会わなければ、俺は普通に結婚して家庭を持てたはずだと思ってる。いくら今が幸せだと言っても、どうしても罪悪感は拭いきれないみたいだ。……同じとは言えないけど、君がもしルイスとつき合うことになったら、より悩むのはルイスのほうかもしれないね」

ユウトは一般論として言ったのかもしれないが、ダグは自分の悩みではなく、相手の悩みと向き合う覚悟はあるのかと問われているような気がした。

これまでずっと、自分の気持ちばかり考えていた。どこかでルイスの不安や悩みは自分のそれと比べれば些細《ささい》な問題だと、無意識のうちに決めつけていたのではないだろうか。

恥ずかしかった。ルイスが好きだと言いながら、ルイスの気持ちに寄り添って理解する努力をまったくしてこなかった。

ユウトの携帯が鳴った。電話に出たユウトは「わかった、すぐ行くよ」と答えて通話を終え、ベンチから立ち上がった。

「悪い。仕事の呼び出しだ。もう戻らないと」

「ああ、行ってくれ。君と話ができてよかった。本当にありがとう」

ダグが差し出した右手を、ユウトは「こちらこそ」と握り返した。

「もしルイスと上手くいったら、ぜひふたりでうちに遊びにきてくれ。一緒に食事でもしよう」

「ぜひ、ご馳走《ちそう》になるよ。でも上手くいかなかった時は?」

ダグが冗談で聞いたら、ユウトは「そうだな」と考えるように首を傾けた。

「その時も遊びにきてくれ。君の失恋パーティーをしよう」

ユウトは悪戯《いたずら》な目つきで笑い、そのまま小走りに公園を出ていった。


仕事を終えたダグは当然のようにルイスの家に向かい、当然のように部屋に上がり込んだ。

ルイスはディックとすっかり打ち解けていた。まるで長年の友人同士のように遠慮のない会話を楽しんでいて、ダグをやきもきさせた。

「ダグ。食事がまだなら食べていく?」

ルイスの言葉にダグは満面の笑みで「ええ、ぜひ」と頷いた。だが、なぜかキッチンに向かったのはルイスではなく、ワイシャツの袖《そで》を腕まくりしたディックだった。

「ディックがつくってくれたフィッシュチャウダー、最高にうまいんだ」

「そ、そうですか。楽しみです」

顔が引きつった。うまい食事までつくれるハンサムなボディガードってなんなんだ。そんなのできすぎだろ。というか職域を超えてないか？

まずかったら残してやろうと思ったが、ルイスの言うとおり本当に美味《おい》しかったので、お代わりまでしてしまった。悔しいが食欲には勝てなかった。

「今日、キムに会いました」

食べ終わってから切り出した。テーブルの向こう側に座ったルイスは怪訝な表情を浮かべてダグを見た。

「彼女がコリンズさんから、多額の金を受け取っていたことがわかったんです」

映画化権を優位に進める見返りとして、キムがコリンズから謝礼金を受け取っていたこと、その金を夫のフリッツの事業につぎ込んでいたことを話すと、ルイスはショックを受けたのか黙り込んでしまった。

「これでキムも捜査対象になります。夫のフリッツとの共犯を視野に入れて――」

「キムはディビッドを殺してなんかいない。そんなことができる人じゃないよ」

不快そうな表情だ。この期に及んでもキムをまだ信頼しているルイスに腹が立った。

「彼女はあなたを利用して、内緒で金儲《もう》けをしたんですよ？　それにあなたのことを金蔓だと言ってました。そんな女、かばうことない」

「俺とキムはビジネスパートナーだ。利益で繋がっているんだから、金蔓だと言われてもしょうがない。俺が売れる本を書いている間は、彼女は俺を大事にしてくれる。稼げなくなったら捨てられる。わかりやすくていいじゃないか。理不尽に恋人に裏切られる辛《つら》さにくらべたら、そんなのなんでもないね」

ルイスは喧嘩腰に言い返したが、本当は傷ついているのがわかった。強がっているだけだ。握り締めた拳が小さく震えている。

抱き締めたい衝動を抑えつけていたら、ルイスは耐えきれなくなったようにダグに背中を向け、足早に階段を上がっていった。

食べ終わった食器をキッチンに運んでシンクで洗っていたら、ディックがやって来た。

「追いかけなくていいのか？」

「ああ。今はひとりになりたいだろうから。……ところで、今日、ユウトに会った。ちゃんと話をしたのは初めてだけど、すごくいい奴だな」

ディックは険しい顔で「本当にそう思うか？」と聞いてきた。なんだろうと戸惑った。まさかユウトは外面だけがいい、実は裏表のある性格の悪い男なのだろうか。

「ああ。本当にそう思ってる。……違うのか？」

「いや。違わない。ユウトは最高にいい男だ」

ディックはニヤッと笑い、ダグが洗った食器を拭《ふ》き始めた。よかった。冗談だったらしい。

「時々、電気をつけっぱなしにするなとか、ソファで寝るなとか、外から帰ったら手を洗えとか、俺のママになったみたいに口うるさくて困る時もあるがな」

意外と面白い男だとわかり、軽口を叩ける気分になった。

「その口うるさい彼が好きなんだろう？　心から愛してる？」

「もちろんだ。俺はいつだって彼に首ったけだ。ユウトがいなきゃ、生きていても意味がない。本気でそう思うほど彼を必要としている。だから安心しろ。お前の大事なルイスには指一本、触れたりしない」

顔から火が出るかと思った、くだらない嫉妬《しっと》を見抜かれていた。ダグは恥ずかしくてディックの顔が見られず、俯《うつむ》いたまま「すまない」と謝った。

「嫌な気分にさせたなら謝る」

「気にするな。俺はなんとも思ってない。お前を安心させてやりたかっただけだ」

ユウトもいい奴だが、ディックも負けず劣らずいい奴だ。自分だけが駄目な男のように思えて、つくづく情けなくなってきた。

「ルイスは手強そうだな。でもああいうタイプは意外と押しに弱い」

「……そう思うか？」

「ああ。間違いない。ピシャッとはねつけられても、めげずにぶつかっていけよ。ルイスはお前が嫌いで拒んでいるんじゃない。それはお前にもよくわかっているはずだ」

ルイスと何を話したのか知らないが、ディックはやけに自信ありげだった。嘘でも大丈夫だと言われると嬉しくなる。

「要は俺次第ってことか」

「じゃないのか？　俺はルイスの口ぶりからそう感じたが」

今日は奇しくもユウトにもディックにも励まされた。詳しい事情は知らないが、いろんなものを乗り越えて結ばれたふたりから示し合わせたように励まされ、勇気が湧いた。

ダグが天井を見上げると、ディックは「行ってこいよ」と腕を叩いた。

「ゆっくりしてこい。なんなら朝まででもいいぞ。俺のことなら気にするな。俺にはこれから大事な仕事があるんだ」

「警護か？」

「それもだが、もっと難しい仕事だ。……標的はあいつだ」

ディックが指さしたのはキッチンのゴミ箱だった。よく見るとスモーキーが後ろに隠れ、ディックをジーッと見ていた。

「スモーキー……？」

「ああ。あいつにやたらと警戒されて困ってる。いくら呼んでもにらむばかりで、まったく近づいて来ないんだ。こうなったら、何がなんでも手懐けてみせるぞ」

ディックはそう言うと今から重大な任務に取りかかるかのような顔つきで、尻のポケットから先端にネズミの玩具がついた猫じゃらしを取り出した。

8

「ルイス。コーヒーを持ってきました。よかったら飲んでください」

ノックの音のあと、ドアの向こうからダグの声が聞こえた。ルイスはいらないと言いそうになったが、さっきの自分の大人げない態度を反省してドアを開けることにした。

「ありがとう。……入ってく？」

「はい。じゃあ、少しだけ」

ルイスの気まずい気持ちを察してか、ダグは優しい笑みを浮かべて部屋に入ってきた。ダグはコーヒーカップをサイドテーブルに置き、ソファに腰を下ろした。

「さっきはすみませんでした。無神経なことを言ってしまった。許してください」

ダグはまったく悪くない。事実を口にしたままでだ。勝手に傷ついてダグに八つ当たりした自分が全面的に悪い。

「謝らないでくれ。俺が悪かったんだ。感情的になりすぎたよ」

「キムのこと、本当はショックだったんでしょう？」

いたわるような目を向けられ、強がるのも馬鹿らしくなった。ダグはすべて見抜いている。傷ついてなんかいないという虚勢を張っても、自分が余計みじめになるだけだ。

「……ああ。俺はキムを心から信頼していた。その信頼を金儲けに利用されるとは思ってもみなかった。本当はショックですごく落ち込んでいる」

キムが映画化権取得を優位に進める見返りとして、コリンズから大金を得ていたことは、エージェントとしてもひとりの人間としても最低の行為だ。キムを聖人君子だと思っていたわけではないが、クライアントに対しては責任感が強く誠実な人だと信じていた。だからこそ全幅の信頼を寄せていたのに、それが裏目に出てこの結果だ。

怒りと悲しみがない交ぜになって胸の中で渦巻いている。さっきは、キムは殺人なんかしないとかばったが、自分の知らないところでコリンズと金銭の絡む関係を結んでいたなら、ふたりの間になんらかのトラブルが生じていた可能性もある。だとしたら、キムが絶対にやっていないとは言い切れないのではないか。そんな嫌な思いも湧き上がってくる。

「頭の中がぐちゃぐちゃで、考えがまとまらない。キムに裏切られたこともショックだけど、それ以上に自分が嫌になる」

率直な気持ちを口にするのは苦手だ。黙っている時はどうにか自分を取り繕えるのに、喋ってしまうとその感情に呑み込まれて平静を保てなくなる。こんなことくらいで泣きたくないのに、勝手に涙が滲《にじ》んできた。女々しい自分にまた嫌気が差す。

ルイスがうなだれていると、ダグが立ち上がって隣にやって来た。ダグはルイスの背中を優しくさすり、「どうして自分が嫌になるんですか?」と囁くように尋ねた。

「……キムが裏切ったのも、もともと俺を好きじゃなかったからだって思ってしまう。嫌いな人間なら裏切るのもたやすいだろ?」

「ルイス。キムはフリッツのためにお金が必要だったんです。あなたが嫌いだから裏切ったんじゃない。そんなふうに自分に原因を探すのは間違っている」

ダグは精一杯の気持ちを込めて慰めてくれたが、今は何も心に響かなかった。

「俺は人に好かれない。いつだって嫌われるんだ。もう誰も信じたくない。信じるのが怖い。世界中が俺の敵みたいに思える」

「そんなことありません。今は心が弱っているから、そんなふうに感じるだけです。あなたには大勢のファンがいます。ケニーだっているじゃないですか。……それに俺も」

最後のつけ足しは言い方が少しぎこちなかった。声に緊張を感じたのだ。ルイスは顔を上げてダグを見た。ダグは思い詰めた表情でルイスを見ていた。

「……昨夜からずっと考えていました。あなたが不安になる気持ちを、俺はちゃんと理解できていなかった。なのに責めるようなことを言ってしまい、本当にすみませんでした。男の人を初めて本気で好きになって、俺はそんな自分を認めたくなくて最初は必死で否定しました。でもあなたへの気持ちは強まるばかりで、どうしていいのかわからず不安になったり迷ったり。自分の気持ちと向き合ってばかりで、本当の意味であなたと向き合っていなかった。そんな男に好きだって言われても、そりゃ受け入れる気になんてなれませんよね」

ダグは自分を恥じるようにかすかに苦笑したが、すぐに表情を引き締めてルイスの手を強く握った。痛いほどの力に胸が甘く疼《うず》いた。

「俺には確かに覚悟がありませんでした。ゲイとして生きていく覚悟じゃありません。あなたを愛し抜く覚悟です。でもやっと決心できました。あなたが好きです。こんなにも強く心を惹かれた人は、あなたが初めてなんです。あなたを失いたくない。……ルイス。お願いします。俺の気持ちを受け入れてください。俺をあなたの恋人にしてください」

一歩も引かないぞと言いたげな覚悟を滲ませたダグが、ぐいっと顔を近づけてきた。突然の告白にまだ気持ちが追いつかず、ルイスはのけぞりながら「だ、だけど」と口を開いた。

「君は刑事だし、男とつき合うなんて無理だよ。ゲイだってばれたら大変だし――」

「覚悟の上です。……ルイス。不安なのはわかります。人は生きている限り、毎日のように何かしらの不安の種を見つけてしまう。不安がゼロになる日はない。だけど不安に負けて俺を拒絶するのはやめてください。俺はそんなにも信用できない男ですか？　絶対にあなたを裏切ると思っていますか？」

ダグが悲しそうな目でルイスの顔を覗《のぞ》き込んだ。そんなダグを見てルイスも悲しくなった。

「……違う。君が悪いんじゃない。すべて俺の臆病な性格がいけないんだ。君を好きだから怖い。

君の言うとおりだ。不安に負けて君を拒んでいる。嫌な想像ばかりして――」

いきなり頬《ほお》にキスされ、ルイスは息を呑んだ。ダグは驚いているルイスの頬を両手で挟み、今度は唇にキスをした。

「ダ、ダグ、まだ話が……」

「話はもうやめです。いくら話し合っても堂々巡りじゃないですか。俺はあなたが好きだ。これから先も、ずっとそばにいてあなたを支えたいと思っている。あなたは？」

「え……？」

いつになく毅然とした男らしい態度で尋ねられ、ルイスはまごついた。

「どうなんです？　俺が好きじゃない？　顔を見るのも嫌？」

「そ、そんなわけないだろ。好きに決まってる。けど――」

ダグはルイスの唇に人差し指を押し当て、「けど、はもうなしです」と低い声で囁いた。

「俺はあなたを愛してます。なのにあなたは、俺を愛してくれないんですか？」

ダグの表情には切実なものが浮かんでいた。自分の気持ちを受け入れてほしい。もう逃げないでほしいと彼の全身が訴えている。

ルイスはこれ以上、ダグを拒むことは無理だと観念した。こんなにもまっすぐな瞳《ひとみ》で愛していると言ってくれる相手を、自分の身勝手で突き放すなんてできない。

「……愛してる。初めて出会ったあの夜から、ずっと君を愛している」

ちょっといいと思う程度で、知り合ったばかりの男を家に連れて帰ったりしない。本当は一目惚れだった。クラブで言葉を交わした瞬間、ルイスはダグに恋をしたのだ。翌朝、ダグに拒絶されていなければ、素直な気持ちで恋心を認められていただろう。

「意地を張ってごめん。不安のほうを大事にして君を失うなんて馬鹿げてるよね。本当に俺が馬鹿だった。これからはもう少し素直になる」

ダグがやっと笑った。安心したように白い歯を見せ、ルイスの額に自分の額を押し当ててくる。

その顔を見てまた胸が甘く高鳴った。

「よかった。だったらあの言葉、取り消してください」

「あの言葉？」

「俺と寝たことは間違いだと言ったでしょ？　大事な出会いの夜なのに、間違いはひどい」

細かいところにこだわるダグが可笑《おか》しくて、ルイスは額を合わせたまま笑った。

「ごめん。取り消すよ。でもその大事な夜のことをまったく覚えていない君のほうが、もっとひどくないか？」

ダグは「苛《いじ》めないでください」と恨めしそうな顔つきになった。

「ルイス。あの夜を取り戻すことはできないけど、できればもう一度、最初からやり直させてもらえませんか？」

「いいよ。でもどこから？」

面白い提案だったので、ルイスは乗り気で承諾した。ダグはルイスから身体を離すとあらたまった態度で、「初めまして」と言いだした。

「そこから？」

ルイスは呆れたが、ダグは「いいじゃないですか」と取り合わなかった。

「初めまして。俺はダグと言います。年齢は三十歳。職業は警察官で、ロス市警の強盗殺人課に勤務しています。ええと、それからカルバーシティのアパートメントでひとり暮らしをしています。趣味は読書です」

次はルイスの番だというようにダグは口を閉ざした。ルイスは冷めてしまったコーヒーに手を伸ばし、「へえ」と頷いてからカップに口をつけた。

「すごい。警察官なんだ。俺はルイス。職業は作家。エドワード・ボスコっていうペンネームで小説を書いてる」

「本当に？　俺、あなたのファンです。作品は全部持ってますよ。特に『アーヴィン＆ボウ』シリーズが大好きです。握手してもらえますか？」

「ああ、いいよ」

気取って右手を差し出すと、ダグは本気で嬉しそうに力一杯に握り返してきた。本当に熱心なファンのように振る舞うものだから、どうしようもなく可笑しくなってルイスは大笑いした。

「ルイス。真面目にやってくださいよ」

「嫌だ、もう無理。だって笑いが止まらない」

ルイスは笑いながらベッドに倒れ込んだ。ダグはしょうがない人だという目つきで笑い続けるルイスを見下ろしていたが、不意に「質問があります」と言った。

「今、恋人はいますか？」

「まだお芝居を続ける気？　もうやめようよ」

「いいから答えて。恋人はいますか？　もしいないなら、どんな男がタイプか教えてください。すごく知りたい」

ダグは両腕でルイスの頭を挟むように、シーツの上に腕を立てた。熱い眼差しで見つめられ、ルイスの顔から自然と笑いが消える。

「……恋人はいない。好きなタイプは年上の包容力のある男。でもタイプじゃないのに、一目で惹かれた相手がいる。俺は今、彼のことで頭がいっぱいなんだ」

「その彼は今どこに？」

ダグの顔が静かに近づいてくる。唇に熱い吐息が触れる。ルイスは我慢できずダグの背中に腕を回し、自分のほうに引き寄せた。

ダグの厚い胸がぴったりと重なった。その重みが幸せすぎて目眩《めまい》を覚える。

「ここに。目の前にいる。俺のすぐ目の前に」

もうそれ以上の言葉は必要なかった。ダグの唇が優しく落ちてきて、ルイスを熱く求めてきた。

ルイスは夢見心地でダグの唇を味わった。ついばむようなキスも、深く奪われるキスも、どんなふうにキスされても心地よくてたまらない。

ルイスは興奮を伝えるようにダグの髪をかき乱し、何度も足を絡ませた。ダグの中心はとっくに熱を帯び、ルイスの腰に痛いほどの力強さで当たっている。同時に腰に装着した拳銃も身体に当たり、ひどく邪魔だった。

「……ダグ。腰のホルスターを外してくれ。俺が欲しいのはそっちの銃じゃない」

冗談で言ったのに、ダグは純情な少年のように顔を赤くしてパッと飛び起きた。

「す、すみません。すぐ外します」

腰のベルトから外したホルスターをサイドテーブルの上に置くダグは、耳朶《じだ》まで赤くなっていた。女性と交際した経験があるのに、どうしてこんな初《うぶ》な反応を見せるのだろう。もう可愛くてたまらない。

「ダグ……っ」

たまらなくなって後ろから飛びつき、力任せにベッドに押し倒した。

「うわっ」

いきなり馬乗りになられたのでダグは本気で驚いていた。その間抜け面までが愛おしくて、ルイスは自分から抱きついて激しいキスをした。

ダグはすぐさま応戦し、負けじとルイスの唇を奪いにくる。まるで挑み合うような口づけが続き、どちらからともなくキスの合間に互いの服を脱がせ合った。

気がつけばダグは全裸で、ルイスはボクサーショーツだけの格好になっていた。ダグは熱い手でルイスの素肌を荒々しくまさぐり、同時にあらゆる場所に唇を押し当てた。

ダグの気持ちそのもののような情熱的でひたむきな愛撫《あいぶ》を受けていると、全身がどうしようもないほど熱く燃えさかってくる。ルイスは上半身だけの愛撫でもうクライマックスのように息を乱し、切れ切れの甘い喘《あえ》ぎをもらし続けた。ダグという名の熱い波に巻き込まれて、身も心ももみくちゃになっていく。

早く自分の中にダグを迎え入れたくて、ルイスは抱きつかれたままずるずるとベッドの上を這《は》いつくばり、サイドテーブルの引き出しに手を伸ばした。

ダグはルイスの意図を察しているはずなのに、邪魔をするように背中にキスの雨を降らしてくる。背中が感じやすいルイスはびくびくと身体を震わせながら、引き出しからどうにかコンドームとローションを取り出した。

「ダグ、ラバーをつけて」

コンドームの袋を破いて中身を出し、ダグに手渡そうとした。だがダグのたくましいペニスを目にした途端、気が変わった。

「やっぱり俺がつける」

熱く息づくダグの雄を手で包み込んだ。口に入れて甘いキャンディみたいに味わいたい誘惑に駆られたが、なんとか我慢した。それはまた次の機会にしよう。今は死ぬほどダグに抱かれたい。激しく貫かれ、気絶するほどめちゃくちゃに揺さぶられたい。そうされないと頭がおかしくなってしまいそうだ。

ルイスがコンドームを被せるとダグはそれだけで切なそうに目を閉じ、何度も甘い吐息を漏らした。

「身体が慣れるまで、上になってもいい？」

いきなり激しく挿入されると痛みが上回ってしまう。最初だけは慣らすために自分で動きたかった。ダグはルイスとセックスできるならなんでもいいと言わんばかりに、下着を脱いで自分の腰にまたがる恋人のあられもない姿を、うっとりした表情で見上げていた。

ダグのペニスと自分の奥まった場所にローションをたっぷり塗りつけた。ルイスははやる心を抑えつけ、ゆっくりと腰を沈めた。ダグの立派なものは一気に入らず、窄《すぼ》まりに先端を何度も押し当て、時間をかけてじわじわと呑み込んだ。

自分の内側を圧倒的な質量で埋めていく、ダグの欲望が嬉しかった。ダグはルイスが腰を下ろし終えると、目を閉じて呻《うめ》くような低い声を漏らした。快感を味わっているようにも見えるし、苦痛に耐えているようにも見える。

「ダグ、痛くない……？」

最初のうちはどうしても締めつけが強くなる。痛みを感じていたらどうしようと思って尋ねたのだが、杞憂《きゆう》に終わった。ダグは「たまらない」と吐息のような声で呟いた。

「ルイス……。お願いだから動かないで。今すぐにでも達《い》ってしまいそうだ」

「初めての夜も、同じこと言ってた」

「本当に？　俺はとんでもない馬鹿野郎だ。こんな気持ちいいことを覚えてないなんて」

本気で悔しがるダグが可笑しくて、ルイスはクスクス笑いながら腰を揺らし始めた。途端にダグは「駄目だってっ」と叫び、ルイスの腰を摑《つか》んで制止した。

「本当に出そうなんだ」

「出せばいい。そのまま二度目を続けてくれたら、なんの問題もない」

ダグは「確かに」と頷き、ルイスの緩い律動だけで呆気《あっけ》なく果てた。一度、射精して余裕ができたダグは、今度は自分の番だと張り切り、ルイスを押し倒した。

ダグの体力と精力を舐《な》めていた。疲れを知らない若い肉体は、貪欲《どんよく》にルイスを求め続けた。乱暴ではないが執拗《しつよう》に続く激しいインサートにルイスは溺《おぼ》れた。ダグにあらゆる角度から貫かれ、そして甘く愛され、続けざまに二度も達した。二度目はダグも一緒だった。

欲望を放ち合ったふたりは情事のあとも互いの身体を抱き締め、何度も何度もキスをした。何をあんなに恐れていたのだろうと不思議に思うほど幸せだった。心から満たされていた。

「飲み物でも持ってきましょうか？」

「うん。……あ。下にディックがいたんだ」

どうしようと思ってダグを見ると、「ひどいな。忘れていたんですか？」と笑われた。

「だ、だって、しょうがないだろ。ダグのことで頭がいっぱいで、他のことなんて考える余裕なんてなかったんだから」

可愛い子ぶったわけではなく率直な気持ちを口にしたのだが、ダグはルイスのその言葉にいたく感激したようで、やたらと嬉しそうに満面の笑みを浮かべて「ディックなら大丈夫ですよ」と言いだした。

「彼、いい人ですね。ルイスみたいなタイプは押しに弱いから、ガツンと攻めてこいって俺を励ましてくれたんです」

「なんだって……？　じゃあ、ディックに尻を叩かれたから部屋に来たのか？　自分の意志じゃなくて？」

ダグの表情が笑顔のまま固まった。言わなくていいことを言ってしまったと気づいたらしい。

「い、いいえ、違います。全部、自分の意志ですよ。やだな、ルイス。何言ってるんですか」

「へらへら笑ったって誤魔化されないからな。人に焚《た》きつけられなきゃ、告白のひとつもできないなんて情けない。見損なったよ。もう寝るから出ていってくれ」

冷たく言い放って背中を向けたら、ダグは本気にしたのか急におろおろし始めた。

「違うんですって。確かにディックに励まされたけど、あなたにもう一度、ちゃんと気持ちを伝えることは、最初から決めていたんです。信じてください……っ」

必死で言い訳するダグが可愛くて、ルイスはしばらく振り向いてやらなかった。だがあんまり苛めても可哀想なので、適当なところで振り向いてダグにキスをした。

「ル、ルイス……？　許してくれるんですか？」

「許すも何も本気で怒ってなんかいないよ。ちょっとからかっただけ」

ダグはハァと大きな息を吐いてルイスを抱き締めた。

「よかった。やっと恋人になれたのに、もう失恋するのかと思ってドキドキしました」

ダグはまた「よかった」と呟きルイスに何度も頬ずりしてきた。大きな犬に懐かれたみたいな気分だった。ルイスは元来、猫派なのだが、こんな可愛い犬ならぜひとも飼ってみたいものだと思った。

幸いスモーキーもダグを気に入っているしな、とそこまで考えてから、恋人を犬扱いしている自分に気づき、ルイスは本気で反省した。

9

「ビーエムズセキュリティなら知ってるわ！　セレブ御用達の警備会社でしょ？　ボディガードがイケメン揃《ぞろ》いだって聞いていたけど、本当だったのね」

ケニーはさっきから遠慮もなくディックの顔を、うっとりした目つきで眺め続けている。ディックは無愛想ながらもケニーの不躾《ぶしつけ》な視線をやんわり受け止め、意外にも時々、ニコッと笑ってみせるサービス精神まで発揮していた。

冷たい顔と控えめな笑顔のギャップの威力はなかなかのもので、ケニーはすっかりディックに魅了されている。ダグはその様子を見ながら、オカマのあしらいが上手《うま》いものだと感心した。その手の友人が多いのかもしれない。

「ディック、ワインのお代わりはどう？」

空になったグラスに気づいたケニーが、甲斐甲斐《かいがい》しくワインボトルを持って立ち上がった。

「いや、結構。仕事中だから、もう遠慮しておくよ。食事、すごくうまかった。あんたは料理が上手だな」

夕食をつくってくれたケニーに対する礼儀のように、ディックはグラス半分だけのワインを飲んだ。さりげない心遣いのできる男だ。

「そう言ってもらえて嬉しいわ。……ダグはどう？」

「俺もいいです。運転して帰らなきゃいけないので」

「え？　帰るの？　明日は休みだっていうから、てっきり泊まっていくものだと思ってた」

ルイスが驚いたように顔を上げた。その目にははっきりと失望が浮かんでいて慌てた。

「や、あの、二日続けてじゃ、厚かましいかと思って。お邪魔でなければ、もちろん泊まっていきたいです」

「何言ってるんだよ。邪魔なわけないだろ」

ルイスが笑ってくれたのでホッとした。微笑《ほほえ》み合うルイスとダグを見て、ケニーが「やだ、何？」と目を丸くした。

「もしかして、あんたたちそうなの？　ねえ、そういうことなのっ？」

「そういうこと。昨日からね」

ルイスが手を伸ばしてきたので、ダグはその手をしっかりと握った。

「何よー。そういうことなら早く言ってくれなきゃだわ。知っていたら、お祝いのケーキも用意してきたのに」

「ありがとう、ケニー。でもこの料理だけで十分だよ。本当に美味《おい》しかった。ご馳走《ちそう》さま」

「どういたしまして。……今日はやけに笑顔が多いと思っていたのよ。本当によかった。ダグみたいな素敵な彼ができて安心したわ」

ケニーに祝福されてルイスは嬉しそうだった。

「ああ、そうそう。ケーキはないけどデザートならあるの。パンプキンパイを焼いて持ってきたのよ。飲み物と一緒に用意してくるわね」

ディックが「俺も手伝おう」と立ち上がった。

「嬉しいわ。ディックって優しいのね。ああん、あたしもぜひガードしてほしいわぁ。二十四時間べったりと張りついていてね」

ディックはケニーに腕を組まれても紳士的な笑みを崩さず、引っ張られるようにしてキッチンに消えていった。

「……ダグ。もしかして、本当は泊まっていきたくなかった？」

ふたりきりになった途端、ルイスが不安そうな表情で聞いてきた。

――可愛い。心臓が止まりそうなほど可愛い。

普段、強気なルイスにそんな頼りなげな顔で見つめられるとたまらない。ダグは今すぐでもルイスを強く抱き締めたい衝動に駆られたが、どうにか気持ちを落ち着かせて手を強く握るだけに留めた。

「何を言ってるんですか。一緒にいたいに決まってますよ。今夜はケニーが泊まっていくと聞いたので、俺がいたら邪魔じゃないかって思ったんです」

「よかった。それを聞いて安心したよ」

照れたように微笑むルイスを見ていたら、もうどうにも我慢ができなくなった。ダグは腰を浮かして大きく身を乗り出し、ルイスの頭を引き寄せキスをした。

キッチンからケニーとディックの話し声が聞こえてくる。いつ戻ってくるかわからないから軽いキスで終わらせるつもりだったのに、ルイスが唇にチュッと吸いついてきた。

小鳥のように唇をついばんでくる可愛さに胸がカッと熱くなり、歯止めを失ってしまい夢中でルイスの唇を奪った。

「……駄目だよ。ふたりがいるのに」

そんな掠《かす》れたセクシーな声で、しかも潤んだ瞳《ひとみ》で叱《しか》っても逆効果だ。ダグはルイスの額に唇を押し当て、「ベッドに行きたい」と囁《ささや》いた。

「昨夜、あなたと愛し合ったのがまだ夢みたいです。夢じゃなかったことを今すぐ確かめたい」

「ダグ……。俺も君が欲しい。でもその前にパンプキンパイを食べなきゃ」

冗談かと思い、顔を離してルイスを見た。笑ってない。

「俺よりパンプキンパイが大事なんですか？」

「ダグってば可笑《おか》しい。子供みたいなこと言わないの。ケニーのパンプキンパイは絶品なんだよ。最高に美味しい」

目尻を下げて言うので、どっちが子供だと呆《あき》れた。だが甘い物が好きだと知らなかったので、ルイスの新たな一面を知れて嬉しかった。次に来る時はスイーツをお土産に持ってこよう。

ケニーのパンプキンパイは、ルイスが褒めるだけあって確かに美味しかった。普段は甘い物を食べないダグだが、二切れも食べてしまった。

デザートの時間も終わり、やっと二階に上がれると思ったら、今度はケニーが「映画でも観ましょうか」と言いだし、持参したＤＶＤをプレーヤーに入れてしまった。

本気でがっくりしたが、映画が始まるとルイスはさりげなくダグの肩に頭を預け、さらに指まで絡めてきた。現金なものでそうされると最高に幸せな気分になり、たまには映画もいいもんだな、などと鷹揚《おうよう》に思った。

始まって十分ほどが過ぎた時、ディックの携帯が鳴った。ディックはダイニングテーブルのほうに移動して誰かと会話していたが、あまりに険しい表情だったので心配になった。

「ディック、どうしたんだ？　何かあったのか？」

電話を切ったディックに近づいて声をかけた。ディックは「なんでもない」と首を振ったが、明らかによくない知らせを受けたことが窺《うかが》える硬い表情だった。

「嘘《うそ》だ。その顔は絶対に何かあったはずだ。言ってくれ。困ったことが起きたのか？」

ダグが強く言い募るとディックは壁にもたれかかり、苦しげな顔で口を開いた。

「今のはパコからの電話だった。ユウトが容疑者と揉《も》み合いになり、刃物で刺されたらしい。さっき病院に運ばれたそうだ」

「ええっ？　じゃあ、すぐに行かないとっ」

「行かない。俺にはルイスの警護がある。……大丈夫だ、ダグ。刺されたのは腕で、命に別状はないって話だ」

無理矢理、笑みをつくるディックを「馬鹿言うなっ」と怒鳴りつけた。

「命に別状がなくても、すぐ行ってやれ。ユウトは君にとって世界一、大事な人なんだろう？　その大事な人が苦しんでいる時に、すぐ駆けつけてやらないなんて最低だぞ！」

ダグの剣幕にたじろいだのか、ディックは困惑したように顎《あご》を引いた。ルイスとケニーは何が起きたのかわからず、驚いた顔でこちらを見ている。ルイスが立ち上がった。

「どうしたんだ、ダグ？　何怒ってるんだよ」

「ディックの恋人が怪我《けが》をして病院に運ばれたそうです。ディックは重傷じゃないし、警護の仕事があるから行かないって言うんです」

ルイスは「何だって？」と眉《まゆ》をひそめて近づいてきた。

「ディック。俺の警護はいいから、今夜は恋人のそばにいてやれよ」

「しかし――」

「これはお願いじゃない。クライアントとしての命令だ。心ここにあらずのボディガードに警護されるなんて、ごめんだからな」

ルイスはぴしっと言ってのけたが、すぐに口もとをゆるめてディックの腕を優しく叩《たた》いた。

「大丈夫。今夜はダグが泊まっていってくれるし、ケニーもいる。心配しないで行ってくれ」

ディックは少しの間、考え込むように床を見ていたが、心が決まったのか顔を上げた。

「……すまない、ルイス。ダグ、俺の代わりを頼めるか？」

「ああ、もちろんだ。ルイスは俺の恋人だ。安心して任せてくれ」

言ってから少し恥ずかしくなった。格好をつけすぎただろうか。

ダグのそんな気持ちを読み取ったように、ディックは「昨日のお前とは別人だな」と薄笑いを浮かべた。

ディックを見送ったあとは、さすがに映画を見る気分ではなくなり、ケニーはシャワーを浴びてくると言って浴室に消えた。

ダグとルイスはソファで寄り添って座り、互いの温《ぬく》もりを感じ合った。

「ディックの恋人ってどんな人？　会ったんだろう？」

「ええ。ユウトといってハンサムな日系人です。さっぱりした性格の人でした。……実はユウトはロス市警の麻薬課の刑事で、パコの弟なんです。親同士の再婚で兄弟になったから、血の繋がりはないそうですが」

ルイスは驚いた顔でダグを見上げた。

「本当に？　パコってゲイが嫌いそうなのに、ふたりの関係を認めてるのかな」

「パコは偏見のない人ですよ」

「そうかな。俺に対する態度は最初から悪かった」

むっつりしているルイスを抱き寄せ、「違うんですよ」と髪にキスをした。

「パコはあなたがアリバイ作りのために、俺を利用したと思っていたんです。最初から計算ずくで、俺を家に連れて帰ったってね。でも今はあなたが犯人じゃないとわかってます。だからディックに警護を頼んでくれたんです。彼なりのお詫《わ》びの気持ちだと思いますよ」

ルイスは「素直に謝ればいいのに、頑固な奴」と文句を言った。

「だけど、刑事って仕事は危険だな。ダグも仕事中に怪我をしたことある？」

「ありますよ。犯人に暴れられて鼻の骨が曲がったこともあるし、揉み合いになって階段から落ちて足を骨折したこともある」

ルイスはダグの鼻に触れ「きれいに治ってよかった」と冗談っぽく微笑んだが、すぐに表情を曇らせた。

「立派な仕事だけど不安だよ。これから先も、危ない目に何度も遭うのかと思うと怖くなる」

「大丈夫ですよ。俺の身体は頑丈にできてますから」

自分のことを本気で心配しているルイスが愛おしくてたまらなかった。一晩でふたりの関係は劇的に変化したが、その変化にどちらもすんなり対応している。素直な気持ちで向き合えば、こんなにも簡単なことだったのに、ダグもルイスも一歩を踏み出す前にあれこれ考えすぎてしまったのだろう。

もちろん本当の意味でふたりが理解し合うのは、これからだとわかっている。だが今は未来に対する不安はまったくなかった。

それはきっとルイスも同じだろう。物事というのは始める前が一番不安で、実際に始めてしまえば意外とどうにかなるものだが、恋愛も同じなのだと痛感した。

見つめ合うふたりの唇は自然と重なり、甘いキスが始まった。欲望ではなく愛情を伝え合う優しいキスだ。

キスしてはどちらともなく溜《た》め息《いき》をもらし、その吐息に誘われてまたキスをする。ダグは誰かとキスをしてこんなにも胸が切なくなり、泣きたくなるほど幸せだと思ったことはない。

心のままに愛の言葉を囁こうとしたが、そうする前に何かが膝《ひざ》に飛び乗ってきた。

「わっ」

スモーキーだった。今までどこに隠れていたのか、ちっとも姿を見せなかったのに、いきなり現れた。口に何かを咥《くわ》えたスモーキーは、それをぽとりとダグの膝に落とすと、ニャーニャーと鳴いて甘えてきた。

ダグが「どこにいたんだ?」と猫撫《な》で声を出して喉を撫でると、スモーキーは気持ちよさそうに目を細めた。

「鼻の下、伸ばしちゃって。ペットが恋敵ってあんまり嬉しくないんだけど」

「だってこんなに可愛いんですよ?」

冗談でも焼き餅《もち》を焼かれると嬉しい。ダグは右手でスモーキーを撫で、左手でルイスの肩を抱き寄せた。これはいい。両手に花だ。

「スモーキーが咥えてきたもの、なんですか? ブレスレットかな?」

ルイスは「またやったな」とスモーキーをひとにらみして、ダグの膝からそれを拾い上げた。革紐《ひも》とターコイズやシルバーのあしらわれたチェーンが絡み合った、洒落《しゃれ》たデザインのブレスレットだが、スモーキーが散々、玩具《おもちゃ》にして遊んだせいかボロボロで見る影もない。

「携帯灰皿の次は何を盗んだんだ? 本当にこいつはとんだ泥棒猫だよ。……あれ。俺のじゃない。でも、どこかで見たことがあるな」

「ケニーのじゃないですか?」

「うーん。ケニーはこういうタイプのアクセサリー、好きじゃないんだよね。ケニーじゃなくて、他の誰かがつけているのを見た気がするんだけど……」

そう言われて眺めていると、ダグもどこかで見たような気がしてきた。

「これ、俺も知ってます。最近、どこかで見たような……」

ふたりしてブレスレットを凝視していると、スモーキーは相手をされず退屈になったのか、ダグの膝の上で丸くなってしまった。

先に答えに辿《たど》り着いたのはルイスのほうだった。

「あ！　わかった！　これはウエインのものだっ」

ルイスがいきなり叫んだので、スモーキーは驚いて床に飛び降りた。

「レストランで会った時、腕につけてた。キムが素敵なブレスレットねって褒めたら、有名なデザイナーの一点物で、ディビッドに買ってもらったって自慢していたんだ」

「俺も思い出しました。確かにこれはウエインのです。聞き込みに行った時、腕にしているのを見ました。……でも、どうしてスモーキーがウエインのブレスレットを持っていたんですか？」

「やっぱり犯人はウエインだったんだっ」

ルイスは興奮したようにダグの腕を掴《つか》んだ。ダグはぴんと来なくて「どの犯人？」と聞き返してしまった。

「だからあの夜、俺を襲った相手だよ。首を絞められた時、俺は相手の腕を掴んだ。その時、何か細いものが指に引っかかって必死でそれを引っ張ったけど、すぐ切れてしまった。それがこのブレスレットだったんだ。ほら、見て。留め具が壊れてる。間違いないよ。すぐにこれが見つからなかったのは、スモーキーが隠し持っていたからだ」

「だったら、このブレスレットがあれば、ウエインを殺人未遂で逮捕できます。すぐパコに連絡します」

ダグは携帯でパコに電話をかけて事情を説明した。パコはまだパーカーセンターのオフィスにいて、これから逮捕状を請求してハンティントンと一緒にウエインの部屋に向かい、彼の身柄を拘束すると言った。

「それと、さっきディックから連絡をもらった。ユウトの件で心配をかけてすまなかったな。リデルにも礼を言っておいてくれ」

「よかったら電話、代わりましょうか？」

パコはばつが悪いのか「勘弁してくれよ」とぼやいた。

「俺もオフィスに戻ったほうがいいですか」

「いや、いい。ウエインの身柄を確保したら連絡を入れるから、それまでは念のため、ディックの代わりにリデルの警護を続けろ」

「わかりました。気をつけて」

電話を切ってからルイスにパコとのやり取りを伝えていると、ケニーが戻ってきた。ただならぬ雰囲気を察したケニーは、「何かあったの？」と不安そうだった。

「やだ。本当に？　ウエインの仕業だったの？」

ケニーはダグの説明を聞くと恐ろしそうに両手で頬を押さえた。

「ウエインがルイスを襲ったってことは、やっぱりディビッドを殺したのも彼なのかしら？」

「それはまだわかりません。でもウエインが警察に連行されれば、ルイスはもう安全です」

「そうね。ルイス、これでやっと安心して生活できるわね」

ケニーの言葉にルイスも安堵《あんど》の表情で頷《うなず》いた。ダグももう大丈夫だと思っていた。

だが残念ながら、事件はそう簡単には収束しなかった。

パコたちがウエインの部屋に到着した時、彼の部屋には灯《あか》りがついていて、中から音楽が聞こえていた。ノックをしてもいっこうに反応がないので、パコとハンティントンはドアを蹴破《けやぶ》り室内に侵入した。ところが部屋は無人だった。

パコが確認のために窓の外を覗《のぞ》いたら、通りに立って驚いた顔でこちらを見上げているウエインと目が合った。ウエインは脱兎《だつと》の勢いで走りだした。パコとハンティントンはすぐさま追いかけたが彼を見つけられず、いったん追跡を断念した。

パコは自分のミスだと済まなさそうに連絡してきた。パトロール警官が周囲を捜索中なので、何かわかり次第、連絡すると言って電話は切れた。

ルイスはダグを気づかってか落胆を見せず「きっとすぐに見つかるよ」と微笑んだが、頭が痛いので先に休むと言って二階に上がってしまった。

ルイスがいなくなったあと、ダグはソファに座ってケニーと一緒にコーヒーを飲んだ。スモーキーはいつの間にかまたいなくなってしまい、姿が見当たらない。

ケニーが思い詰めた表情で「ねえ」と呟《つぶや》いた。

「ウエインの奴、逮捕されると思って、やけになってルイスを襲いに来ないかしら?」

「どうでしょう。必死で逃げている最中に、そういうことを思いつくかどうか」

「でもウエインは無関係の猫まで殺したのよ。残忍で執念深い性格に決まってるわ。ああ、嫌だ。男の嫉妬《しっと》って根深くて手に負えないわね」

ケニーは身震いするかのように、両腕で自分のたくましい肩を抱き締めた。

「ウエインがルイスを襲った理由は嫉妬でしょうか？　それとも自分のキャスティングに反対されたから？　どちらも恨む理由としては十分ですけど、それくらいのことで殺意まで抱くものでしょうか。ちょっと納得がいかないんですよね」

素朴な疑問だった。以前、ダグはパコに向かって、ウエインには動機があると訴えた。コリンズが自分を捨ててルイスとやり直すと思ったウエインが、カッとなってコリンズを殺し、その罪をルイスになすりつけようとしたのではないかと想像したからだ。

しかしルイスが応じる前にウエインに別れ話を切り出すほど、コリンズが誠意のある男とも思えない。

大きく譲ってウエインがあの夜、コリンズに捨てられたとしよう。ウエインがコリンズを殺害した証拠はないが、とりあえず犯人だと仮定する。衝動的殺人ならウエインは犯罪の発覚を恐れて、相当に追いつめられているはずだ。さらにルイスまで殺そうとするほどの激しい感情は、まだ残っているものだろうか？

ルイスに殺意を持つ明確な理由がはっきりしないのは、妙に気持ち悪かった。

「ダグ。あんたって本気で嫉妬したことないでしょう?」

ケニーが哀れみとも嘲《あざけ》りともつかない口調で呟いた。

「ありますよ。嫉妬くらい何度も経験してます」

「腹が立ったり悔しかったりする程度の嫉妬でしょ。本当の嫉妬ってそんなものじゃないわ。それこそ相手を本気で憎んだり、気が狂いそうになって何も手につかなくなったり、自分をコントロールできなくなってとんでもないことをしでかしたり、そういう破滅と紙一重の感情を言ってるの。あんた、それくらい誰かに嫉妬したことある?」

——多分、ない。これまでの人生を振り返ってみて、他人にそこまでの激しい負の感情を向けたことは皆無な気がする。

「そこまでの嫉妬はないです」

「だと思った。でもそのほうが幸せよ。あたしなんて嫉妬してばかり。恋愛だけじゃないわよ。仕事でもそう。自分がやるはずだった仕事を他の脚本家に奪われたら、もう死ぬほど悔しい。相手が事故にでも遭って、仕事ができなくなったらいいのにって願っちゃう。最近も念願だった仕事が駄目になっちゃったのよね。私からその仕事を奪った相手を、本気で呪《のろ》い殺したくなったわ。醜い人間でしょ。自分でもつくづく嫌になる」

いつも明るいケニーが珍しく本気で落ち込んでいる。

「もしかして前に言ってた、半年かけて書き上げた脚本がパーになったっていう、あれ?」

「そうよ。よく覚えていたわね」

ダグが「仕事柄、記憶力はいいんです」と指先で頭を叩くと、ケニーは「おっかない。余計なことは言えないわね」と笑った。

「古い映画だけど『花咲く丘の上で』って知ってる？」

「ええ。昔、観たことがあります。名作ですよね」

五〇年代に活躍した有名な女優が出演した作品だ。夢を叶《かな》えるために都会に飛び出したヒロインは、現実の厳しさや不実な男との恋に疲れ果て、何もない田舎町に帰ってくる。かつては嫌っていた幼馴染《おさなな じ》みの男とやがて恋に落ち、ヒロインは本当の幸せを手に入れる。地味ながら心がじんわりと温かくなるラブストーリーだ。

「あの映画が子供の頃から大好きでね。もう何度観たか知れないわ。いつか内容を現代に置き換えてリメイクしたいって思ってた。といってもあたしはしがない脚本家だから、脚本を書きたいって意味よ。知り合いのプロデューサーに何年も前から企画を訴えてきたの。そしたらやっと興味を示してくれて、脚本を先に完成させてくれって頼まれた。いい出来だったら旧作の原作権をもった人間と、映画化権の取得を交渉してみるって約束してくれたの。仕事の合間に寝る間も惜しんで半年がかりで書いたわ。頑張った甲斐あって、すごくいい出来だって褒められた。これならきっと企画として通るって太鼓判まで押してもらった」

それまで楽しげに喋《しゃべ》っていたケニーが、一転して切なそうに溜め息をついた。

「なのに駄目だったんですか？」

「ええ。そのとおり。まあ、でもこの業界にはよくある話よ。単純に映画化の権利が取得できなかったとか、資金集めが上手くいかなかったとか、企画が頓挫《とんざ》する理由なんてうんざりするほどある。悔しいけど人生と同じで、どうにもならないことってあるのよね」

諦《あきら》めたように笑うケニーの姿はとても寂しげだった。いつも陽気なだけに胸が痛くなる。

「めげないでください。きっとまたチャンスは巡ってきますよ」

「ありがとう。でももういいの。あたしみたいな二流の脚本家には大きすぎた夢だったのよ。もう諦めたわ。あたしはどんなに頑張ったって、ルイスのようにはなれないもの」

ケニーは遠くを見るような眼差しで黙り込んだ。安易な慰めの言葉など口にできない空気を感じ、ダグは困った。だが彼に元気を出してもらいたくて、「ケニー」と名前を呼んだ。

「俺は君の――」

「あらやだ、辛気くさいわね」

ケニーはダグの言葉を遮るように明るく笑い、「ひとつお願いがあるんだけど」と言いだした。

「明日、庭でバーベキューをしようと思うの。ルイスにもいい気晴らしになるだろうし。それでガレージにコンロや炭があったか見てきてほしいのよ。頼める？」

「ええ。もちろんですよ」

ダグは快く承知した。ルイスは親しい友人はケニーしかいないと言っていたが、上辺だけ仲のいい友人が百人いるより、こんな思いやりのある親友がひとりいるほうが、ずっと素晴らしいことだと思った。

「よかった。あたしは今のうちにキッチンで材料の下ごしらえを準備しておくわ。……あ、ガレージの灯り、確か電球が切れてたはずだから、玄関にある懐中電灯を持っていってね」

「わかりました」

ダグはついでに周囲の見回りもしてこようと思い、すぐに立ち上がった。玄関のシューズボックスの上に置かれた懐中電灯を摑み、外に出た。ケニーの言ったとおりガレージの電球は切れていて、スイッチを押しても灯りはつかなかった。

明日、電球を買ってきて交換してあげようと思いながら、ルイスのＢＭＷの脇を通って奥まで進んだ。突き当たりの壁面は収納棚になっていて、いろんなものが雑多に並べられていた。

コンロはすぐ見つかったが、炭が見当たらない。この箱か、いや、そっちの箱か、と懐中電灯で照らして確かめていく。

「お。これだな」

小さな段ボール箱が奥から出てきて、中を開けるとビニール袋に収まった炭が見えた。明日、すぐ使えるように手前の箱と入れ替えておこうと思い、懐中電灯を棚に置いた。

その時だった。背後でかすかな音がした。コンクリートの床に、ほんのわずかだけこぼれている砂利を踏む音だ。

咄嗟《とっさ》に懐中電灯を取ろうとしたが、摑んだ瞬間、後頭部を殴られ、ダグはその場に崩れ落ちた。一撃で意識が薄れるほどの衝撃だった。

「……っ」

ダグは冷たい床に俯《うつぶ》せの状態で倒れ込み、朦朧《もうろう》とする意識の中で誰かが走り去っていく足音を聞いた。

ウエインだ。ウエインがルイスを殺しにやって来た。なんて執念深い男なんだろう。嫉妬とはそこまで人間を追い立てるものなのか。

その嫉妬が恐ろしい刃となって、ルイスに襲いかかろうとしている。

「ルイス……」

薄れそうになる意識を必死で奮い立たせ、ダグは起き上がろうと足掻《あが》いた。だが思うように手足が動かず、何度も転んでしまう。

ようやく立ち上がれても、目眩《めまい》がひどくてまっすぐに歩けない。しかしダグはふらつきながら、よろめきながら足を進めた。

——ルイスが危ない。早く助けに行かないと手遅れになる。

ダグを突き動かしているのは恐怖だった。ルイスを失ったらどうしよう。そう思うだけで身の毛がよだち、意味のない大声を張り上げたくなった。

嫌だ。ルイスを失うなんて絶対に嫌だ。頭の中に昨夜、愛し合ったルイスの姿が浮かんでくる。

重ねた肌の熱さも、たまらなくそそられる甘い声の響きも、何もかもまだ鮮明に覚えている。至福の時間だった。これからは何度もこんな幸せな夜を過ごせると思った。

なのに今、ルイスの身に危険が迫っている。

早くルイスのもとに行かなくては——。

どこをどう歩いてきたのか覚えていない。それでもダグは、二階のルイスの部屋の前まで辿り着いていた。

寝室のドアは開いているが、灯りが消えている。

中から苦しげな声がかすかに聞こえてきた。ダグは腰のホルスターからグロックを抜き取り、トリガーに指をかけて中に飛び込んだ。

真っ暗な部屋だが、廊下からの灯りでいくらかは様子がわかる。

ベッドの上にルイスがいた。上体を起こした体勢で、背後からウエインに紐状のもので首を絞められている。

「警察だ！　今すぐ両手を上げろっ。従わないと撃つぞ！」

ダグの言葉にウエインは従った。ルイスを解放して両手を上げた。

「よし。ゆっくりとこっちを向け。向いたら床に伏せろ」

両手を上げたウエインが、身体を回転させてこちらを向いた。ルイスは激しく咳《せ》き込んでいるが、命に別状はないようだ。安心したせいか、急に額に汗が噴き出した。

ウエインに銃口を向けたまま、壁に手を伸ばして灯りのスイッチを入れた。明るくなった部屋の中で、ダグは驚愕《きょうがく》の事実と遭遇した。

思いも寄らない、いや、あってはならない現実が、そこに存在していたのだ。

「ケニー……？」

ダグが銃口を突きつけている相手は、ウエインではなくケニーだった。無言でダグを見返してくるケニーは無表情すぎて、何者かに精神を操られているのではないだろうかという突拍子もないことまで考えてしまった。

手錠を持っていないので、ダグはひとまずケニーの両腕を背中に回させ、ルイスの首を絞めていたビニール紐で手首を拘束した。

ルイスは喉を押さえながら、「どうして……？」と掠れた声を出した。

「どうしてなんだ、ケニー。なぜこんなことを……？」

ケニーは「なぜ？」と言い返し、うつろな目で笑った。

「決まってるじゃない。あんたに死んでほしかったからよ。あんたなんて消えてほしかった。だから殺したかった。ただそれだけよ」

ルイスは絶句し、それ以上、何も聞けなくなった。無理もない。親友だった相手から殺意を打ち明けられて、ショックを受けない人間はいないだろう。

「ケニー。何もかも話してください。……コリンズさんを殺したのもあなたなんでしょう？」

その言葉に瞠目《どうもく》したのはルイスだった。ケニーはまったく顔色を変えない。

「ダグ、何を言いだすんだ。どうしてケニーがディビッドを……？」

「あの夜、ケニーはあなたの吸い殻をクラブで入手できました。それとこれは俺の勘ですが、ケニーが前に急に仕事をキャンセルされたと言って怒っていた相手は、コリンズさんのことではないでしょうか。ケニー、違いますか？」

ケニーはコリンズと面識があり、ルイスの煙草《たばこ》の吸い殻を入手できた人間だ。そのうえ今、ルイスを殺したいほど憎んでいたことが、明白になった。ケニーが犯人だと考えるのは極めて妥当だろう。

「違わないわ。あんたの言うとおり。ディビッドを殺したのはあたしよ」

ケニーはもうどうでもいいと言いたげな、ひどく投げやりな声で言い放った。

「だけど吸い殻の推理は間違ってる。クラブで入手したわけじゃない」

そこまで言ってからケニーは疲れたように肩を落とし、「座っていい？」とソファを見た。ダグが許可すると億劫《おっくう》そうに歩き、窓際のソファに腰を下ろした。ダグはグロックを握ったままルイスの隣に座り、彼の肩を抱いた。

「どこから話したらいいのかしら。ディビッドとは昔から身体の関係があったのよ。恋人じゃないわ。ただ寝るだけの関係。ディビッドはルイスとつき合ってる時も、あたしとたまに寝てた」

ケニーの告白を聞いたルイスは、かすかに肩を揺らした。

「ずっと俺を騙《だま》していたのか？」

「そういうことになるわね。でもディビッドはそういう男だったのよ。恋人と親友に裏切られているルイスを、あたしは可哀想に思ってた。変かもしれないけど、本当にそう思ってたわ。でも同時に男を見る目がないルイスを馬鹿だとも思ってた。あたし、あんな男はやめなさいって何度も忠告したわよね？」

ルイスはケニーの問いかけには答えなかったが、当時のことを思い出すように目を伏せた。

「ルイスと別れたあとも、ディビッドとの関係は続けたわ。切れるわけにはいかなかったの。あたしは『花咲く丘の上で』をどうしてもリメイクしたかった。だから好きでもないディビッドに、必死で媚《こ》びへつらってきたんだもの。夏頃、ディビッドはあたしの書いた脚本を認めてくれて、やっと映画化権の取得に動いてくれることになった。幸せだった。もう少しで夢が叶うって信じた。でもディビッドからはいっこうに連絡がなかった。きっと交渉が難航しているんだって思って、彼からの連絡を待ったわ」

ケニーは夢見るような眼差しで、何もない場所を見て微笑んだ。

「あの夜、ルイスから呼び出しの電話がかかってきた。むしゃくしゃするからクラブにでも行こうって言うじゃない。珍しいこともあると思って理由を聞いたら、ディビッドから映画化のオファーがあって、一緒に食事をしてきたって言うからびっくりしたわ。ディビッドは複数の企画を同時進行するタイプのプロデューサーじゃない。どうなっているんだろうって困惑した。だからクラブを出たあと、ディビッドの家に行ったの。ディビッドはあたしが家に来るのを嫌がるから、何年かぶりの訪問だった。ディビッドはあたしの訪問に驚いていたけど、家に上げてくれたわ。あたしの訪問の理由には気づいていたんでしょうね。いやに優しい態度だったもの。ルイスの小説を映画化するなら、『花咲く丘の上で』はどうなるんだって問いつめたら、あれは駄目になったって言うじゃない。最初はごちゃごちゃ言い訳していたけど、要するにルイスの小説を映画化したほうが儲かりそうだから、手を引いただけのことだった。約束が違うと責めたら、そもそもお前の書いた出来の悪い脚本じゃ、企画は通らないって言いだした。一度は褒めたのに！　立場が悪くなったら、全部あたしのせいにしようとしてきたのよっ」

ケニーは声を荒らげたあと、悔しそうに唇を嚙《か》んだ。

「死ぬほど腹が立ったけど、どうにか気持ちを立て直したわ。『花咲く丘の上で』はまた機会が巡ってくるかもしれない。そう言い聞かせた。でもあたしは切羽詰まっていたの。仕事がなかったから必死だった」

「仕事がなかった？　どういうことですか」

ダグの質問にケニーは「どうもこうもないわ」と肩をすくめた。

「ルイスには黙っていたけど、ちょっと前にドラマの仕事から外されたの。視聴率低迷はつまらない脚本のせいだって言われてね。だから仕事が欲しくて、ディビッドにルイスの小説を映画化するなら、あたしに脚本を書かせてって頼み込んだ。半年がかりで書いた脚本をディビッドの勝手でお蔵入りにされたんだから、埋め合わせを望むのは当然でしょ？　なのにディビッドは冗談じゃないって笑いだした。お前みたいな二流のラブコメしか書けない二流の脚本家に、ルイスの大事な作品を任せられるわけないだろう、親友の作品を台無しにする気かって蔑《さげす》まれたわ。悔しいとか腹が立つとか、そういうのを通り越したマグマのような感情が噴き上げてきて、あたしの身体は勝手に動いていた。背中を向けて立っていたディビッドの頭に、何度もガラスの灰皿を打ちつけたわ。気がついた時には、頭から血を流したディビッドが床に倒れていた」

ケニーが口を閉ざすと部屋は重い沈黙に満たされた。親友の告白を聞くルイスは、ダグの手を痛いほどの力で握っている。何かと必死で闘っているような横顔だった。

「ディビッドが死んでいると気づいたら急に怖くなった。でも不思議と罪悪感はこれっぽっちも湧いてこなかったわ。私が悪いんじゃない、こんなのディビッドの自業自得だって思った。だから灰皿やテーブルやドアノブについた自分の指紋を拭《ふ》き取って、ディビッドの家を出た」

「……細工した吸い殻は、もしかして俺の携帯灰皿の中にあったもの？」

ルイスが何かを思い出したように呟いた。ケニーは「そうよ」と認めた。

「自分の車に乗って帰ろうとした時、助手席にルイスの携帯灰皿を見つけたの。クラブに行く時、忘れていったものよ。それを見て、ルイスの吸い殻を置いてくることを思いついた。あたしは引き返して床にこぼれていた吸い殻の中に、ルイスの吸い殻を混ぜた。さも灰皿からこぼれたように見せかけてね。携帯灰皿は翌日、ルイスの家に行った時、こっそりソファの下に置いて帰ったわ。ルイスは携帯灰皿をどこに置いたかなんて、いちいち覚えてるタイプじゃないから、きっと変に思わないってわかってた」

ケニーが置いていった携帯灰皿を、スモーキーが玩具にしていたのだ。ルイスはスモーキーが隠したと思い込んでいたから、確かに結果として携帯灰皿が一時的に消えたことには、なんの興味も持たなかった。

「コリンズさんを殺害した動機についてはよくわかりました。ルイスを陥れようとした理由を教えてください」

「聞かなくても本当はわかっているんでしょ?」

ケニーが陰気な目で薄く笑った。

「……嫉妬ですか?」

「ええ。嫉妬。大当たり。昔からあたしはルイスの引き立て役。ディビッドなんてルイスを紹介した途端、目の色を変えて口説き始めた。学生の時に気になってた男もルイスを好きになったし、ダグだってそう。すぐルイスに惹《ひ》かれた。先に声をかけたのはあたしのほうだったのにね」

ダグは「それは……」と口ごもった。

「いいのよ。あたしよりルイスがいいのはわかってる。それはしょうがないことよ。でもあたしが本当に耐えられなかったのは、ルイスが作家としてどんどん成功していくのに、あたしはいつまでたってもパッとしない二流の脚本家のままだったこと。……最初はルイスが人気作家になって嬉しかったわ。心から祝福した。でもルイスにおめでとうって言うたび、自分が惨めに思えてきて、段々と素直に喜べなくなってきた。本音を言えば小説が映画化された時も悔しかったし、ルイスが新車を買った時も苛々《いらいら》した。マリブに引っ越すって聞いた時も妬《ねた》ましかった。あたしはやりたい仕事もできず、収入だって少なくて苦しんでるのに、ルイスは好きな小説を書いて周囲からちやほやされて、それなのにいつも憂鬱《ゆううつ》そうな顔ばかり見せるの。自分がどれだけ幸せかもわからないで、どうでもいい心配事をかき集めて、惨めなこのあたしに愚痴をこぼすのよ。……正直もう限界だった。そばにいる時は親友面して優しく接して、なのにひとりになったら醜い嫉妬で心が埋め尽くされていく。もう頭がおかしくなりそうだったわ」

「それで吸い殻を置いて、ルイスに罪をなすりつけようとしたんですか」

「犯人扱いされて、少しは辛《つら》い目に遭えばいいって思った。でも次の日、さすがに悪いことをしたと思って、反省してルイスに会いに来たの。なのに映画化なんてどうでもいいって言われて、反省なんて吹き飛んだ。あたしはルイスの作品の映画化のために夢を奪われたのに、どうだっていいなんてひどいじゃない。八つ当たりだってわかっていても、ルイスが憎くて憎くて仕方がなかった」

確かに八つ当たりもいいところだ。しかしケニーの気持ちもまったく理解できないこともなかった。許されることではないが、悔しい気持ち自体は罪ではない。だがケニーは一線を越えてしまった。

「猫を殺したのもあなただったんですね。どうしてあんなひどい真似《まね》を？」

「どうしてかしらね。今となっては理由なんて定かじゃないわ。本当にどうしてあんなこと……。

ああ、そうだ。思い出したわ」

ケニーは焦点の定まらない瞳で、機械的に喋り続けた。

「ダグが電話をかけてきたのよ。ルイスが夜中にビーチの駐車場にいた証拠を見つけたって。それであたしはルイスに、ダグはあんたのために頑張ったのよって冷やかした。内心では容疑者なのに、ダグにそこまでしてもらえるルイスに嫉妬していた。素直にダグに感謝してくれたら、あたしの気持ちも収まったかもしれないのに、ルイスったらダグは自分の仕事をしただけだって素っ気なく答えたわ。あたしにはそんなルイスが傲慢《ごうまん》に見えた」

「違う。感謝はしてたんだ。ただダグの気持ちを認めるのが怖かった。それで言い方が素っ気なくなったんだ」

ルイスは言い訳したが、ケニーは聞いていなかった。

「あの夜はいてもたってもいられないほど気持ちが高ぶって、ルイスへの怒りでどうにかなりそうだった。眠れないまま悶々《もんもん》と過ごしていたら、庭から猫の鳴き声がしたの。最初は殺すつもりじゃなかった。ただ撫でてあげようと思ってテラスに出たのよ。でもあの子、抱き上げたら何が気に入らなかったのか、あたしの腕を強く引っ掻《か》いた。自分の血を見た瞬間、カッとなって猫の細い首をへし折っていた」

「ひどい。どうしてそんなこと……」

ルイスが呟いた。我慢しきれず声が出たという感じだった。

「どうしてかしらね。あたしだって不思議よ。普段は虫を踏み殺しても可哀想だと思うのに、あの時はものすごく気分がよかった。薬でぶっ飛んだみたいにハイになってた。キッチンからゴム手袋と包丁を持ってきて猫の首を切り落としている間も、その血でメッセージを書いている間も、ずっと楽しくて楽しくて笑ってたわ。これを見てルイスが怯《おび》えて、自分の傲慢を反省すればいいって思った。すべて終わったら包丁もゴム手袋もきれいに洗って、もとの場所にしまった。さっきつくった料理だって同じ包丁を使ったのよ。知らなかったでしょう?」

楽しい悪戯《いたずら》を仕掛けたみたいに、ケニーはニーッと笑った。ルイスは気分が悪くなったのか、顔を背けてダグの胸に顔を押しつけた。ダグはルイスの頭を手のひらで包み込み、いたわるように額にキスをした。

本音を言えばもう聞かせたくなかった。だがケニーの口から真実を聞いたほうがいいと思った。今、聞いておかないと、ルイスはこれから先、ケニーの気持ちを自分なりにあれこれ想像し続けるだろう。

「だったら今回の事件にウエインは、まったく無関係だったたってことですか? そんなはずありませんよね。ルイスを襲ったのは間違いなくウエインです。……ケニー。あなたがウエインに何か吹き込んだんじゃありませんか? そしてルイスを襲うように仕向けた。違いますか?」

取り調べでのウエインの態度は明らかに変だった。ルイスを憎みすぎていた。勝手な想像だけで、あれほどの憎しみを向けるとは思えない。

誰かに何かを吹き込まれていると考えるほうが自然だ。その誰かがケニーなら、何もかも説明がつく。

「頼りない刑事だと思ったけど、結構鋭いところもあるじゃない」

ケニーは力なく笑った。

「そのとおり。一昨日、ルイスを襲ったのはウエインよ。あの子はルイスがディビッドを殺したと思っている。あたしが嘘《うそ》を吹き込んでやったから、すっかり信じ込んでいた」

「ウエインとは前から知り合いだったんですか？」

「ええ。彼、頭は悪いけど顔は可愛いでしょ？　だからディビッドに三人で楽しまないかって誘われた時、迷わずOKしたわ。たまにホテルで会うだけだったから、あたしとあの子が顔見知りだってことは誰も知らないはずよ」

二の句が継げなかった。まさかそういう関係だったとは。ケニーはルイスの親友の仮面を被り、コリンズだけではなくウエインとも繋《つな》がっていたのだ。

「ウエインはディビッドを心から愛していたから、犯人に復讐《ふくしゅう》したがっていた。だから言ってやったの。ルイスはディビッドに復縁を迫ったけど断られて、それでカッとなって殴り殺したんだって。親友のあたしが言うんだから信憑性《しんぴょうせい》があるわよね。あの子、素直に信じちゃって、ルイスを殺すって言いだした。私は猫を殺したあの日、ルイスを襲わせるならタイミング的に今がいいって思った。だから帰り際、窓の鍵を外し、ルイスが買い物に出ているのを電話で確認して、ウエインに電話をかけた。窓から忍び込んで、ルイスが帰ってきたら襲いなさいって。残念ながら、ダグに邪魔されて失敗に終わったけどね」

ケニーは感情のない目で薄笑いを浮かべ、ダグに視線を向けた。

「まだ聞きたいこと、ある?」

「ええ。今夜、ルイスを襲ったのはどうしてです? 俺がいない時のほうが、よかったんじゃないですか?」

「上手い具合にウエインのブレスレットが見つかって、ルイスを襲ったのはあの子だってばれた。この際だから、何もかもウエインの仕業に見せかけたかったのよ。彼が逮捕される前に終わらせたかった」

「ウエインが今頃、もうどこかで逮捕されている可能性もあるのに? あなたのやったことは全部、行き当たりばったりで計画性がない。捜査を続けていけば、いずれあなたの犯行であることは明白になった」

ケニーは面倒そうに「いいのよ」と答えた。

「ばれてもよかった。ディビッドを殺したあの夜に、あたしの人生はもう終わっていたんだもの。警察に逮捕されるまでの時間は余命みたいなものだった。むしろ、早くばれて捕まりたいって思っていたかもね。……あたし、もう疲れたの。ルイスの親友を演じることも、嫉妬してるのにしてないふりをするのにも。一番嫌だったのは自分自身よ。大好きだった親友を妬んで、どんどん化け物みたいになっていく自分の心が、一番嫌だった……っ」

感情が高ぶったのかケニーは顔を歪《ゆが》めて声を震わせた。やっと人間らしい感情が垣間《かいま》見え、安堵する思いがあった。

ケニーの頬に光るものが流れた。やがて静かな部屋には、啜《すす》り泣くケニーの細い声が響き始めた。ダグはそんなケニーを複雑な気持ちで眺めるしかなかった。

ケニーのしたことは許し難い犯罪だ。ルイスに行った裏切りも罪深い。同情の余地はないと思うのに、自分の醜い心が一番嫌だと言って泣くケニーが、憐《あわ》れに思えてならなかった。

ケニーは血も涙もない殺人鬼ではない。嫉妬に狂って心が病んでしまったが、それでも彼なりに苦しんでいた。苦しみ抜いた末に罪を犯したのだ。

「……ねえ、ルイス。昔は楽しかったよね。お金もなかったし、将来も不安だらけだったけど、あんたと一緒に過ごせて楽しかったわ。すごく、すごく楽しかった。もしも戻れるなら、あの頃に戻ってもう一度、人生をやり直したいわ」

泣きながら喋るケニーを見つめるルイスの瞳は、まるで大事なものが失われていく光景を見守るかのように、深く濃い悲しみに彩られていた。

10

「ルイス。やっぱり行きたくないなら、無理することはないんですよ」

リビングルームの窓際に立ってぼんやり海を眺めていたら、ダグが後ろからそっと抱き締めてきた。ルイスはダグの広い胸に背中を預け、「どうして?」と尋ねた。

「俺、そんなにふさいだ顔してる?」

「ええ。憂鬱でしょうがない、どこにも出かけたくないって顔で、何度も溜め息をつきながら海を見てました」

ダグはあくまでも優しい声でルイスを思いやるように言ったが、またそんな姿を見せていたのかと思ったら申し訳ない気持ちになった。

もういい加減、立ち直らなければいけない。ダグに甘えすぎだ。

ケニーが逮捕されて二週間が過ぎた。ケニーは警察での取り調べには素直に応じ、あの夜に語ったのとほぼ同じ内容を喋ったらしい。ウエインもその後、無事に見つかり、ルイスに対する殺人未遂で逮捕されたが、ケニーに騙されて犯行に及んだので、それほど重い罪にはならないだろうとダグは言っていた。

ルイスは事件後、眠れないし食べられないしで、かなりひどい有様だった。ダグが心配して仕事が終わったら泊まりに来てくれていたが、さすがにもう暗い顔ばかり見せてもいられないし、そろそろ休んでいた仕事も再開しなければいけない。

キムが心配して何度か見舞いに来てくれたが、以前のようにはもう彼女を信頼できず、どうしても会えなかった。悲しいが、落ち着いたら新しいエージェントを探すことになるだろう。

「急用ができて行けなくなったって、ディックに電話しましょうか？」

「いや。いいんだ。行くよ」

今日、ダグとルイスはディックとユウトの家に招かれていた。ディックは自分の不在時にルイスが襲われたせいで、気の毒なほど責任を感じていた。そのお詫びというわけではないのだろうが、ルイスに落ち着いたらダグと一緒にうちに食事に来てくれと言いだした。

そのうちと曖昧《あいまい》な返事をしていたら、一昨日、電話がかかってきて、週末の夜はどうかと尋ねられた。他にもパコや友人たちを呼んでいるらしく、気楽な気持ちで来てくれと誘われた。

ダグに意見を求めると、ルイスが嫌でなければぜひ行きたいと言った。ダグはディックもユウトも好きなのだ。ふたりには励まされたし、理想的なカップルだと思っているみたいだ。ルイスもユウトに会ってみたかったし、そろそろ気持ちを切り替えなければと思ったので、久しぶりの外出を決めた。

「でも、本当はまだ人と会いたい気分じゃないんでしょう?」

「そんなことないよ。気持ちはもう落ち着いてるんだ。ただちょっと元気が出ないだけで」

「当然ですよ。あんなことがあったんだから」

ダグはルイスの身体を回転させ、前から抱き締めた。ダグの大きな胸は好きだ。すっぽり包まれていると、小さな子供に戻ったみたいで安心する。

あんなこと——。十五年来の親友に憎まれていることに気づかず、挙げ句の果てには殺されかけたのは、一体どれほどの出来事なのか正直言ってよくわからない。

心底打ちのめされて人間不信になり、引きこもりになったとしても仕方がない悲劇なのか、しばらく落ち込んだら立ち直れる程度の悲しみなのか。どこか他人事《ひとごと》のようで、いまだに気持ちが定まらないでいた。

もちろん現実は現実として受け止めているが、いまだにふとした瞬間、ケニーがひょっこりやって来て、馬鹿げた冗談を言って笑わせてくれそうな気がするのだ。あり得ないとわかっているし、それを望むのも間違っていると知っているが、もうケニーと馬鹿を言い合って笑い合えないのかと思うと、寂しくて胸が苦しくなる。

そうは言ってもケニーの裏切りを許せるのかと聞かれたら、許せるとは言えないのも本当だった。ひそかに妬んでいたとか、小さな嘘を重ねていたとかならいくらでも許せるが、ルイスに殺人の容疑をなすりつけようとしたことや、罪もない猫を無惨に殺害したことや、無関係のウエインを巻き込んで犯罪者にしてしまったことは、どうあっても許せない所業だ。けれどケニーを憎めるかと問われたら困る。これまでのケニーの友情がすべて嘘だったとは思えないからだ。いつも示してくれた細やかな気づかいに、励ましに、共感に、これまで何度救われたかしれない。

それにケニーが苦しんでいたことに、まったく気づけなかった鈍感な自分を責める気持ちもあった。それは時間が経つごとに強まってきてルイスを苦しめた。

自分がもっと早くケニーの本心に気づいていれば、こんなひどい事件は起こらなかったのではないか。ケニーだって犯罪者にならずに済んだのではないか。何をしていてもそんな思いが、脈絡もなく頭の中に浮かんでくる。

「……ダグ。俺、やっぱり傲慢だった。ケニーの言ったことには一理あるよ」

「どうしてそう思うんですか?」

駄々っ子の言い分を聞くような優しい声で聞かれ、ルイスは「だって」と続けた。

「ケニーの気持ちに全然気づいてやれなかった。いつも笑っているから、なんにも心配なんてしたことがなかったんだ。そのくせ自分は心配ばかりされて、そのことに甘えきっていた。俺はケニーがしてくれた半分も、彼のことを心配してやらなかった気がする。最低だ。あんなので親友だなんてよく言えたよ」

ダグの胸の中でならなんでも言える。ここ数日のダグの献身的な姿に、ルイスは愛情だけではなく、今まで誰にも感じたことがないほどの強い信頼と感謝を感じていた。

「自分が恥ずかしい。ケニーに恨まれるのも当然だ」

「ケニーの嫉妬はわからないではないですが、彼のしたことは大きな過ちです。どうしようもないほどの嫉妬に苛《さいな》まれても、それは自分で解決しなくちゃいけない問題です。相手を攻撃するのは絶対に間違っている」

「じゃあ俺の罪は？　親友の苦しみに気づけなかった俺の罪は、どう贖《あがな》えばいい？」

ダグはルイスの背中を撫で、「駄目ですよ」と囁いた。

「そんなふうに考えちゃ。誰かの気持ちに気づけないことは、決して罪なんかじゃない。他人の気持ちをすべて理解するなんて無理な話なんです。ケニーはあなたに嫉妬している自分を認めたくなかっただろうし、そういう自分を必死で隠していた。気づけなかったのは仕方がないことです。今はまだ辛いでしょうけど、もう自分を責めるのはやめてください」

「……無理だ。自分を責める気持ちしか湧いてこない」

この際だからダグにすべて吐き出してしまおうと思った。もやもやした気持ちを口にすれば、少しはすっきりするだろう。みっともないし情けないことだが、ダグならすべて受け止めてくれるに違いない。

「俺はたくさんのものを得ていたはずなのに、いつだって素直に感謝していなかった。どうしてかわからないけど、幸せだって認めるのが怖かったんだ。だから何を手に入れても心から喜べなかった。そういう傲慢さがケニーは嫌だったんだ」

「あなたはただ臆病なだけです。俺に対してもそうだったでしょ？　好きだけど俺がゲイじゃないからどうせ駄目になる、だからつき合わないって。作家としての成功もそうです。不安だから何を手に入れても喜べないだけで、感謝する心がなかったわけじゃない。あなたは決して傲慢な人じゃありませんよ。それは俺が保証します」

ダグの温かい手が頬に添えられた。ルイスはダグの思いやりに満ちた言葉に感動して、胸を詰まらせた。ありのままの自分を認め、そして丸ごと受け入れてくれる人がいることの素晴らしさを、あらためて嚙みしめる。

「あんまり甘やかさないでくれ。もっと君に寄りかかりたくなる」

「いいですよ。いくらでも寄りかかってください。今は休養期間だと思って、俺に全部預けてくれていいんです。……でもあなたは弱い人じゃない。臆病な部分はあるけれど芯《しん》の強い人です。だから休むだけ休んだら、きっと立ち直れます」

あんまり買いかぶらないでほしかったが、ダグにそんなふうに言ってもらえるのは嬉しかった。ダグがそばにいてくれるなら、なんの心配もない気がした。

「よく来てくれたな。狭い家だが、ゆっくりしていってくれ」

玄関のドアを開けて出てきたディックは、仕事中とは打って変わってジーンズとTシャツというラフな格好で、態度や表情もいつもより明るく見えた。

「ありがとう、ディック。これ、ルイスが焼いたスペアリブなんだ。食べてくれ」

「ああ。わざわざすまないな。さっそくテーブルに載せさせてもらうよ」

玄関のドアを閉めて室内に入ろうとしたら、廊下の奥から黒い大きな犬が現れた。犬は一目散に向かってきて、ディックの腰あたりに飛びついた。スペアリブの入った包みに反応したらしい。

「駄目だぞ、ユウティ。これはお前のじゃない。あっちに行け」

叱っているがディックの声が甘い。ダグは「可愛い犬ですね」と目を細めたが、ルイスは別のことが気になった。

「この犬、ユウティっていうのか？　ペットに自分の恋人の名前をつける趣味があったなんて意外だな」

「そ、それはあれだ。違うんだ。ユウトとつき合う前につけた名前で——」

「じゃあ、片思いの相手の名前を犬につけたのか？　そのほうがもっとすごい」

焦るディックが面白くてからかってしまった。好きな人の名前をペットにつけるとは、なかなか可愛いところがある。やっぱりディックがクールに見えるのは上辺だけらしい。

「ディックってどれだけユウトのことが好きなんだ？」

「ルイス。そんなに苛《いじ》めたらディックが可哀想ですよ」

「いいさ、ダグ。俺自身、その件に関しては相当だと思ってる。……しかし、心配して損したな。すっかり元気そうだ」

「ああ。もう全然、平気。何もかもダグのおかげだよ」

そうだよね、というように微笑みかけたら、ダグは照れたように頭を掻いた。

「わかったわかった。恋人自慢ならあとでゆっくり聞かせてもらうから入ってくれ。今、パコと友達がひとり来ているが、前に話した最近結婚した友人カップルもあとで来る」

「例の男同士で結婚した誠実なカップルだな。楽しみだ」

リビングルームに入ると、パコと並んでソファに座っていた男が立ち上がった。浅黒い肌をした精悍《せいかん》な風貌《ふうぼう》の大柄な男で、笑みを浮かべていても妙な迫力があった。腕に黒いトライバルのタトゥーを入れている。多分、パコと同じメキシコ人だろう。

「ネトだ。よろしく」

「よろしく。ルイスだ。こっちはダグ」

ネトはルイスとダグと握手を交わしてから、「ふうん」とルイスの顔を見た。値踏みされたようで面白くない。ルイスは「何?」と尋ねた。

「いや。ロス市警の刑事ってやつは、揃いも揃って面食いなんだと思ってな」

最初は意味がわからなかったが、ユウトもロス市警の刑事だったことを思い出した。遠回しに容姿を褒められたことに気づき、ルイスはにっこり微笑んだ。

なんだ。強面《こわもて》だけど、なかなかいい奴じゃないか。

「確かにそうかもね。じゃあ、パコもやっぱり面食いなんだ?」

視線を移して尋ねたら、パコは「黙秘権を行使する」と肩をすくめた。

「いや。パコもものすごい面食いだ。俺が保証する」

ネトが口を挟むとパコはばつが悪そうに「やめてくれ」と言い返した。なんとなく力関係はネトのほうが上に思えるのは気のせいだろうか。

「うわっ」

ルイスは飛び上がった。手に何か濡《ぬ》れた暖かなものが触れたのだ。びっくりして視線を移すとユウティが脇にいて、黒いつぶらな瞳でルイスを見上げていた。

ダグに「どうしたんです?」と聞かれたので、手を舐められたと教えると、ディックが「すまん」と苦笑を浮かべて謝った。

「ユウティが一番面食いだった。金髪美形には目がないんだ」

「じゃあ、面食いナンバーワンは決定だな。……ところでリデルさん。俺もそろそろルイスと呼んでもいいか?」

それがパコなりの謝罪だとわかった。結構な意地っ張りだ。

「いいよ。最初に大きな誤解があったんだ。君の失礼な勘違いも、部下思いの熱い気持ちから生じたものだしね。全部、水に流して仲よくやろう。事件のことも、可愛い部下を俺に奪われて面白くない君の気持ちもね」

「あんたって奴は本当にいちいち嫌みだな。それにそういう言い方をされると、まるで俺がダグに惚《ほ》れてたみたいじゃないか」

パコは心底嫌そうにダグを見た。ダグはいささか傷ついた顔をしている。

「へえ。じゃあパコはルイスに嫉妬してたんだ」

キッチンにいた男が笑いを含んだ声で言い、皿を運んでテーブルのところにやって来た。

「ユウト、だから違うって言ってるだろう」

「はいはい。パコが好きなのはきれいな誰かさんだもんな。……いらっしゃい、ルイス。会えて嬉しいよ。ダグも来てくれてありがとう」

紹介されなくてもユウトだとわかった。左腕を白い布で吊《つ》っているところを見ると、あの夜に負った怪我はまだ癒《い》えていないのだろう。

「俺もだ。君の話はディックやダグから聞いていたから、会えるのを楽しみにしていたんだ」

笑顔で握手をしたが、ユウトは手を離すなりわずかに表情を曇らせ、「いろいろとすまなかった」と言いだした。

「パコが随分と失礼な態度を取ったみたいだし、俺が怪我をしたせいでディックを帰す羽目になって、君に迷惑をかけたみたいだし」

「いいんだよ。パコは自分の仕事をしただけだし、俺も無事だった。だから何も問題はない」

「そう言ってもらえて気が楽になった。ありがとう」

少しはにかんだように笑うユウトは少年のようで可愛かった。ああ、これは確かにディックが夢中になるな、と思った。黙っていると硬い雰囲気があるのに、笑うと清潔な色気がふんわりと漂ってくる。決して派手な風貌ではないのに、目が離せなくなるタイプだ。

「こんばんはー。勝手に入ってきちゃったよ。遅くなってすまない」

明るい声を張り上げてリビングルームに現れたのは、三十代半ばくらいの白人の男だった。ハンサムだがしまりのない笑顔のせいで、二枚目が台無しだ。

続いて入ってきたのは二十代後半くらいの美青年だった。透き通るような白い肌に艶《つや》やかなプラチナブロンド。宝石のようなエメラルドグリーンの瞳。唇は摘み立ての苺のように赤く、冷ややかな美貌にほどよく甘さを添えている。

口笛を吹きたくなるほどの美形だ。彼ならヴァンパイア映画にノーメイクで出演できる。さぞかし雰囲気たっぷりの孤高のヴァンパイアになるだろう。

「君、俳優?」

いきなりそんなことを聞かれ、美青年は怪訝《けげん》な顔つきになった。

「いえ、違います。私の仕事はボディガードですが」

落胆した。ディックの同僚らしい。これだけきれいな顔をしているのに、それを活かした仕事に就かないなんてもったいない話だ。

「これで全員揃ったな。……ルイス、ダグ、紹介するよ。俺たちの友人でロブとヨシュアだ」

「初めまして。ダグです。よろしく」

ダグが手を差し出したが、ロブはルイスを見つめるばかりで反応がない。ルイスもまたロブをまじまじと見ながら、「おいおい、まさかだろう！」と心の声を盛大に張り上げていた。

よくよく顔を見てみれば、目の前に立っているのは大学の時にしつこく口説いてきた、あのロブ・コナーズではないか。昔より多少は面変わりしているが間違いない。

「君、もしかしてルイス？　ルイス・リデルなのか……？」

「そういう君はロブ・コナーズじゃないか。昔より顔が丸くなったから、すぐには誰かわからなかったよ」

「え、顔が？　そ、そうかな？」

ロブはショックを受けたように両手で頬を挟んだ。実際はそれほどでもない。あの頃より頬のあたりがややふっくらした程度だ。すぐ気づかなかったのは、単にヨシュアの美貌に目を奪われていたからに他ならない。

「ほう。プロフェソルとルイスは顔見知りか。どういう関係だったんだ？」

ネトが質問してきたが、どこか面白がっているような目つきだった。

「や、別にどういう関係って、あれだよ、あれ。大学の同級生だったんだ。いやー懐かしいなぁ。何年ぶりだろうね？　俺は犯罪学者になって、今は母校で客員教授をしているんだ。あ、それとヨシュアは俺のパートナーなんだ」

だから口説いたことは絶対に彼には言わないでくれと頼むような、必死な目つきが可笑しかった。どうしてもヨシュアに知られたくないのだろう。

「知ってる。結婚したんだって？　おめでとう」

大丈夫、何も言わないよ、という気持ちを込めて優しく言ってやった。そんなルイスの態度を見て安心したのか、ロブの表情から強張りが解けた。

「ありがとう。君は今何しているの？」

「俺は……」

普段はライター業とだけ答えて自分が作家だと言わないし、ましてやボスコの名前も口にしないのだが、今日は別に隠す必要もないんだし、という気楽な気持ちになった。

「俺は小説を書いてる。エドワード・ボスコっていうペンネームでね」

「ええ？　本当にっ？　君がボスコなのか？　すごいっ！」

ロブは急に興奮してルイスの手を握り締めた。

「いやいやいや。驚いたな！　俺はボスコの作品、全部読んでるよ。まさかルイスがボスコだったなんて驚きだ。そういや君、チャンドラーとかよく読んでたよね」

「……クラブで？」

ルイスは眉根を寄せた。クラブで読書なんてした覚えはない。というかできる環境じゃない。

「違うよ。大学のキャンパスでだよ。ベンチに座ったり、木陰に腰を下ろしたりして、いつも本を読んでたじゃないか」

驚いた。キャンパスで会ったことがないと思っていたが、ロブはルイスをどこかで見ていたのだ。全然知らなかった。

「そうか。作家になったのか。よかったね。君は自分の夢を叶えたんだね」

そう言われて、突然実感した。そうだ。自分は小説家になりたいという夢を叶えたんだ。二十代のうちから生活のために不本意な作品を書き続けてきたせいか、素直に夢を叶えたと思えなくなっていたが、今は違う。

書きたい作品を書いてそれで生活できているし、名前を名乗ればファンだと言ってくれる人間にも出会える。

子供の頃からの夢を実現させた自分は、本当に幸せ者だと思った。

「さあ、食べよう。もうお腹がぺこぺこだよ」

ユウトの呼びかけで全員がテーブルについた。


ディックは部屋で吸ってくれて構わないと言ったが、やはり非喫煙者の家で煙草を吸うのは気が引けて、灰皿だけを借りてベランダに出た。

冷たい風が気持ちいい。少し飲みすぎたので、外での一服は酔い覚ましにちょうどよかった。

「俺もいいか？」

振り向くとネトが煙草を持って立っていた。どうぞと答えて、彼が咥えた両切り煙草に火をつけてやる。

「楽しんでるか？」

「もちろん。気持ちのいい連中だな」

初めて参加する集まりなのに、不思議とまったく気をつかわずにいられて、そのことに驚いていた。いつもは大勢の集まりが苦手で参加してもすぐ帰りたくなるのに、今夜はまったくそういう気持ちにならない。

一時間の食事で取りあえずわかったのは、ディックはユウトに頭が上がらないこと、ヨシュアは一見、無表情で取っつきにくいが、不器用なだけで本当は可愛いこと、そんなヨシュアにロブはベタ惚れなこと、などだ。

一番わからないのはこの男だった。口数は多くないが、みんなに調子を合わせて冗談も言う。気のいい男なのは確かだが、どこかひとりだけ浮いている気がしないでもない。はっきり言えば、とらえどころがないのだ。

「君はゲイじゃないんだろう？　ゲイのコミュニティに参加して、居心地は悪くないの？」

「俺は友達の集まりに参加しているだけで、ゲイのコミュニティに参加しているつもりはない。

いい」

だから居心地の悪さなんて、まったく感じたことはないな。彼らと過ごす時間はいつだって心地

気負いのない返事が返ってきた。器が小さいくせに、やたらと度量を大きく見せたがる男は多いが、ネトは本当に懐の深い人間らしい。

「ところで、ネトはユウトたちとどこで知り合ったんだ？」

「刑務所の中だ。俺はプリズンギャングだった。ディックはムショの中に潜伏しているテロリストを監視するためにＣＩＡが送り込んだ手先で、ユウトはそのテロリストを見つけ出せたら、冤《えん》罪《ざい》を晴らしてやると言われて送り込まれたＦＢＩの手先だった。ふたりは敵対する立場なのに、ムショの中で恋に落ちたってわけだな」

ルイスは思わず吹き出した。むちゃくちゃな話だ。荒唐無稽《こうとうむけい》にもほどがある。よくそんな突拍子もないことを思いつけるものだ。

「事実は小説よりも奇なりってバイロンは言ったけど、そんなすごい事実は小説でもそうはないな。君の想像力はすごい。ぜひその話を小説にしてほしいものだ」

「残念ながら俺には文才がない。それにノンフィクションだから、書いたらディックとユウトに印税のいくらかは渡さなきゃいけないだろう。馬鹿馬鹿しいからやめておく」

白い歯を見せて笑うネトは楽しげだった。面白い男だ。

「やあ、楽しそうだね。なんの話？　俺も混ぜてくれ」

ロブが出てきた。ネトは「俺はもう戻る」と言ってロブの尻を叩いた。

「せいぜい昔の彼氏の口封じ工作に励め」

「な、何言ってるんだよ、ネト！　ルイスとはそういうんじゃない。誤解だよっ」

必死で反論するロブを横目に、ネトは「そうなのか？」とルイスを見た。

「半分当たりで、半分外れって感じかな」

「なるほど。プロフェソルは若い頃、なかなかのやんちゃ坊主だったようだから、ルイスはちょっと引っかけようとした相手か」

「ネト！　声が大きいよっ」

室内にいるヨシュアを気にしてロブは本気で焦っていた。ネトは愉快そうに「若気の至りってやつは、なかなか厄介なものだな」と言って、悠々と部屋に戻っていった。

「ネトは面白い男だな」

「ああ。そのうえ友情にも篤い。本当にいい奴だよ。……ダグもいい奴だ。真面目で優しくて誠実そうだ。君は男を見る目があったんだな。さすがは俺を振っただけのことはある」

最後の部分だけ小声だった。ロブの自虐的冗談がつぼにはまり、ルイスは手すりに両腕を乗せ、肩を震わせて笑った。

「そこまで笑うことないだろう」

「ごめん。でも受けた。君は昔からふざけてばかりだったな。いつもにやついて冗談ばかり言ってさ。それなのに他人を見る目は、いつもどこか冷ややかだった」

嫌みではなく、率直な印象だった。ロブは常に笑顔を絶やさない男だったが、その笑顔の底にはわずかに尖ったものが隠れていた。理由は知らない。彼の人となりを知るほどには親しくなかったからだ。

「さすがは作家だね。その洞察力には脱帽するよ。確かに昔の俺は嫌な人間だった。外面だけはよかったけど、中身がてんでガキでね。心の中じゃ、いつだって他人を見下したり小馬鹿にしたりしてた。俺の反抗期は他人より長かったんだよ」

反抗期のひとことで済ませてしまったロブに、また笑いが漏れた。

「今はもう大丈夫。尖った石が川の流れの中であちこち削られて丸くなっていくように、俺もいい感じで角が取れてきた」

自分で言うのはいただけないが、その言葉どおりなのだろうと自然に思えた。今のロブは昔のロブと違う。そのことはすぐわかった。

「いいことだ。俺は最近になって、ようやく自分の欠点と向き合えるようになった。成長しなさすぎの自分にびっくりだよ。大学の頃となんにも変わっちゃいない」

「成長していないと気づけただけで、十分に成長してるよ。……ところでヨシュアには絶対に黙っていてくれよ」

やっぱりそれが言いたくて出てきたのだ。恐妻家の亭主みたいで気の毒になってきた。

「言わないよ。約束する。君の幸せに水を差す気はないから安心してくれ。ヨシュアはそんなにひどい焼き餅を焼くのか？」

「いや。彼は控え目な性格だから、嫉妬して俺に八つ当たりなんかしない。その分、ひとりで抱え込んで悩んだり苦しんだりするんだ。大昔に俺がちょっかい出した相手と会ったくらいじゃ、別に悩んだりはしないだろうけど、君やダグとはこれから長いつき合いになりそうな気がする。俺が口説いた相手だって知ったら、ヨシュアも会うたび少しは気にするかもしれないだろ？　彼に余計な心配は与えたくないんだ。俺は彼にはいつでも笑っていてほしいし、できれば笑わせるのは自分でありたいと思う」

今のひとことで、ロブがどれだけヨシュアを深く愛しているのかがわかった。昔のことを内緒にしたがるのは自分にとって都合が悪いからではなく、ヨシュアの気持ちが曇らないための思いやりだった。

「さすがは結婚しただけのことはある。君の愛の深さに感動した」

「茶化すなよ。ところで、ダグとどんなふうに知り合ったの？　刑事と作家じゃ、あんまり接点もなさそうだけど」

ユウトやディックから何も聞いていないらしい。ルイスはどう答えようか迷った。話せば長くなるし、何よりも今はまだあの事件のことを、平然と人に話せるような気分でもない。

「ちょっと厄介な出来事に巻き込まれてね。本当に散々な目に遭ったけど、ダグと知り合えたことだけはラッキーだった」

　そんな説明だけじゃよくわからなかっただろうが、ロブは深く追及はせずに納得してくれた。

「そうなんだ。そいつは大変だったね。でもさ、考えようによっては、恋愛だって最大級に厄介な出来事だよね」

　ロブはそんな冗談を芝居がかった深刻な顔で呟いた。ルイスは「確かにそうかも」と頷いた。

　恋は本当に厄介だ。呆気《あっけ》なく自分が自分でなくなる。些細《ささい》なことで喜んだり悲しんだりして、感情のコントロールを失う。自分がとんでもない馬鹿に思えたりして、よく落ち込む。だけど愛する喜びや愛される幸せは、かけがえのない宝だ。そしてその宝は、人生の中でそう何度も手に入れられるものじゃない。

　そのことを知っている人間は、どんなに面倒でも恋に落ちずにはいられない。つまるところ恋というものは、人生において歓迎すべき厄介ごとなのだ。

「ああ、そうだ。大学の時、君と仲がよかった黒人の子、なんて言ったかな？　いつも一緒にいたよね。名前はなんだっけ。えーっと」

「ケニー？」

「そう！　ケニーだ。彼は元気？　どうしてる？」

　ロブの懐かしそうな顔を見ていたら、たまらなく悲しくなった。ほんの二週間ほど前に同じ質問をされていたなら、「ケニー？　ケニーなら脚本家になって元気でやってるよ。今でもしょっちゅう遊んでる。最高の友人だよ」と答えることができたのに。

「……ケニーは最近、遠くへ行ってしまったんだ。だからもう会うことはないかもしれないな」

「そうなのかい？　それは残念だね。……だけど彼、友達思いの男だったよね。ルイスにちょっかい出したら、あたしが許さないわよって、何度も怖い顔で怒られたっけ」

ケニーの口調を真似してロブが言った。笑おうとしたが逆に泣きそうになった。ルイスはそんな自分を誤魔化すように、慌てて二本目の煙草に火をつけた。


「どうぞ。疲れたでしょう？」

シャワーを浴びたルイスがソファでくつろいでいると、ダグが冷蔵庫から瓶のペリエを持ってきてくれた。

「ありがとう。疲れたけど楽しかったよ。行ってよかった。ダグは？」

「俺も楽しかったです。でもルイスの楽しそうな顔が見られたことのほうが嬉しかった」

ふたりは微笑んで見つめ合い、軽くキスをした。

「でも途中でロブとベランダで話していたでしょう？　すごく楽しそうだったから、気になって仕方がなかった。彼と何を喋っていたんですか？」

可愛い焼き餅が嬉しくて、ルイスはつい「内緒」と意地悪を言ったが、ダグが不安そうな顔をしたので急いで「嘘だって」とつけ加えた。

「お互いの恋人をのろけ合っていただけで、たいした話はしてない。本当だよ」

ロブのことは笑えない。自分だって昔、ロブに口説かれたことは、ダグには内緒にしておきたかった。ダグが気にすると可哀想だからだ。

「俺が浮気するとでも思ってる？　あんまり見損なわないでほしいな。こう見えて、結構一途なんだから」

偉そうに言ってからダグの顔を引き寄せ、強くキスした。ダグはやに下がった顔でキスされている。本当にもう、と思う。単純なダグが可愛くてキスが止まらなくなり、気がついたら膝の上にまたがって舌を絡めていた。

「ルイス……。いいんですか？」

キスの合間にダグが熱っぽい目で囁いた。ふたりはまだ二度目のセックスをしていなかった。ふさぎ込んだルイスを気づかい、ダグは毎晩一緒のベッドで寝ていたのに、一度も手を出してこなかったのだ。

時々、夜中にこっそりベッドを抜け出し、しばらくしてから戻ってくるダグには気づいていて、申し訳ない気持ちでいっぱいだった。求められていたら断るのが悪くて応じただろうし、ダグを欲しい気持ちがないわけでもなかったが、どうしても心がセックスに向かなかった。

だが今夜は自然な気持ちでダグと抱き合いたいと思った。身体の奥から湧き上がるような愛しさと、抑えきれない激しい欲望を感じる。

ダグを愛したい。ダグに愛されたい。その想いで胸がいっぱいだった。

「いいよ。ずっと待たせてごめん。今、すごくダグが欲しい。俺にくれる……？」

「ええ。いくらでも。あなたが望むだけ与え続けます。俺のすべてを受け取ってほしい」

「ダグ……」

ダグが愛おしすぎて何も考えられなくなり、また夢中でキスした。キスしながらダグのネクタイを解き、ワイシャツのボタンを外していく。ダグもルイスのバスローブの腰紐を解いた。前がはだけて素肌があらわになる。

上半身が裸になったダグは、ルイスの腰を抱いてソファに押し倒した。これまで我慢してきた欲望が一気に噴出したかのように、荒々しいまでの唇が肌の上に落ちてくる。

激しい愛撫にルイスは恍惚《こうこつ》となった。ダグに求められること自体が歓喜であり、また興奮そのものだった。

右の乳首を噛まれ、聞くに耐え難いほどのいやらしい声が出た。恥ずかしいと思うのに、ルイスの唇は「もっと」と動いていた。

「もっと、噛んでくれ……」

ダグの歯が尖った乳首をきつく挟み込む。もちろん本気の力ではないが、硬いエナメル質が柔らかな赤い実に当たるだけで、ルイスはびくびくと身体を震わせ、切ない快感に悶《もだ》えた。

反対の乳首は指先でこねられる。どちらも気持ちよくて背筋がアーチ状に反り返っていく。ソファと背中の隙間《すきま》にダグの熱い手が入り込み、背骨を撫でながら下降していき、最後は尻を揉み始めた。

弾力のある尻の肉にグッと指を立てられると、電流のような痺《しび》れが走る。ルイスの奥まった場所ははしたなく疼《うず》き、どんどん熱を帯びてきた。

ダグの愛撫はやがて股間《こかん》に辿り着き、ルイスの高ぶりは甘い口腔の中に呑み込まれた。片方の足をソファの背もたれに載せられ、もう片方はダグの手で押し広げられ、恥ずかしいほどそこが剝《む》き出しだ。

ダグは反り返ったルイスのペニスをねっとりとしゃぶりながら、唾液で濡らした指で窄まりをソフトに撫で始めた。

「あ、ん……っ」

前と後ろを一緒に刺激され、ルイスは何度も身体を仰《の》け反《ぞ》らせた。気がつけばダグの指が内側で蠢《うごめ》いていて、ルイスの腰はその刺激に反応して、まるでもう挿入されているかのように淫《みだ》らに円を描いて揺れた。

「ダグ、もう駄目だ……、早く欲しい。君のを、そこに挿れてくれ……っ」

懇願したのにダグは指を入れたままで執拗にフェラチオを続け、ルイスを射精へと導いた。ダグの口の中で放ったルイスが、酩酊《めいてい》にも似た快感の余韻に身を任せていたら、急に身体を裏返された。後ろからする気らしい。

「ローションを取ってこないと……」

振り向いてそう言ったがダグは小さく首を振り、ルイスの尻に口づけた。どうするのかと思っていたら、口の中に溜めていた白濁を割れ目に吐き出し、それをローション代わりにして挿入を開始した。ローションを取りに行く余裕がなかったのだろう。

ダグのたくましい雄が、狭い入り口にぬるぬると突き立てられる。奥まで深く突き上げられても気持ちいいし、小刻みなリズムのピストンもたまらない。何をされても快感しか感じず、ルイスは喉が嗄《か》れるまで言葉にならない甘い声を上げ続けた。

ソファが壊れるかと思うほど激しく軋《きし》み、背後ではダグがマラソンランナーのような苦しげな息を漏らしている。

「ダグ、いい……？　感じてる？」

「ええ。すごく感じてます。全身であなたを感じている……。ルイス……っ」

ダグの切羽詰まった声が耳に届いたかと思うと、喋ったら確実に舌を噛むと思えるほどの、激しい抽挿が始まった。ゴールが見えたランナーのラストスパートにも似た動きだった。

「ダグ、あ、駄目……っ。そんな激しくしたら、ん……っ」

痛いわけでなかった。ただ怖かった。ダグの欲望の激しさに呑み込まれて、自分がなくなっていくような錯覚が湧き、不安になったのだ。

「ルイス、好きです。愛してます……っ」

ルイスの不安が伝わったかのように、ダグはルイスの手を上から握り締めてくれた。やがてダグは低いうめき声を上げながら、愛に殉じて死にゆく者のように果てた。


情事のあと、ルイスは妙にぐったりしてしまい、ダグに抱きかかえられるようにして二階のベッドに行った。自分の激しいセックスが悪かったのだと、しきりに反省するダグのしゅんとした姿が可笑しかった。

疲れてはいたが疲労感さえ心地よく、ルイスはダグの胸の中で久しぶりに深い眠りに落ちた。

そして夢を見た。

夢の中でルイスはまだ大学生で、ケニーと一緒にキャンパスを歩いていた。そこにロブが現れて、「君たちの友情に乾杯！」と叫んでいきなりキスしてきた。怒ったケニーがロブを殴り、ロブは鼻血を流しながら「いや、いいんだ、わかってる」と頷き、「いつかまた会おう。チャオ」と手を振って去っていった。

「何あれ？　変な男。ルイス、絶対にあんな軽い男になびいちゃ駄目よ。あんたみたいないい子には、誠実で優しい男がきっと現れるから。……あ、ほら、あそこにいたわ！」

ケニーが指さした方向を見ると、どういうわけかダグが立っていた。ルイスを見て照れくさそうに笑っている。

「ダグが待ってるから行ってあげなさいよ」

「でも、ケニーは？」

「あたし？　あたしはいいわよ。ここであんたが幸せになるのを見守ってるから」

見守ると言ったくせに、ケニーの身体が幻のように薄れて消えていく。

「ケニー、待ってくれ！　まだ行かないでくれっ。話したいことがあるんだ、今まで言えなかったことが、だからケニー、待ってくれ……っ」

必死で手を伸ばしたが、ケニーはもうそこにはいなかった。

誰もいない。怖くなって振り返ったら、ダグも消えていた。それどころかキャンパスそのものがなくなり、ルイスは白い闇の中でひとりきりでぽつんと立っていた。

怖い。ひとりきりは嫌だ。みんな、どうして俺を置いていくんだ？

「ケニー！　ダグ！　どこに行ったんだ？　俺も一緒に連れていってくれ……っ。嫌だ、ひとりは嫌だよ……。ダグ……っ！」

そこで目が覚めた。目の前に心配そうなダグの顔があり、ルイスはまだ夢の続きを見ている気持ちで、「よかった」と呟いた。

「ダグ、戻ってきてくれたんだ。よかった……」

ダグに抱きついたら、「何を言ってるんですか」と優しい声で笑われた。

「戻ってくるってなんです？　俺がルイスを捨てて、どこかに行ってしまう夢でも見ていたんですか？　ひどいな。俺のこと信じてないなんて」

「ごめん。ただの夢だ。でも怖かった。ひとりぼっちになる夢だったから」

ダグは「もう大丈夫ですよ」と言って、ルイスの髪を何度も撫でた。

「……その夢にケニーも出てきましたか？」

ためらいがちに聞かれた。うなされてケニーの名前を口にしてしまったのだろう。

「うん。出てきた。ふたりとも大学生で若かったな」

ロブまで登場したことは黙っていようと思った。コメディー俳優みたいな登場の仕方でも、ダグにすればいい気はしないだろう。

「どうしてもわからないんだ。ケニーはそんなに俺が憎かったなら、どうしてつき合いをやめなかったんだろう？　一緒にいたって苦しいだけなら、いつだって自分の意志で別れを選ぶことができたのに」

ルイスが疑問を口にすると、ダグはすぐに答えてくれた。

「そんなの決まってるじゃないですか。ケニーはルイスのことが好きだったんですよ。嫉妬したり羨《うらや》んだり、身勝手に憎んだりしても、それと同じだけルイスが好きだったから、ルイスの親友であり続けたかったんです。だから苦しくても別れられなかったんでしょう」

ダグの言葉が真実かどうかわからない。でも真実であってほしかった。

「俺もケニーが好きだった。本当に、すごく、大好きだった……。寂しいよ。彼を失って、たまらなく寂しい……」

目の縁に溜まった涙を指先で拭われた。ルイスが吐露した真情を、ダグは無言で優しくすくい上げてくれた。

「……ねえ、ルイス。人の気持ちはいつも裏腹で矛盾だらけです。だから葛藤《かっとう》して苦しんで、それでもどうにかして最善の道を探そうと足掻くけど、人は弱いから負けてしまうこともあるんです。ケニーは自分の弱さに負けてしまったけど、本当は負けずにどうにか闘って、いつかまた素直な気持ちであなたの親友として、心の底から一緒に笑える時が来ることを望んでいたんじゃないでしょうか」

ダグの言葉を聞いてルイスも思った。ケニーが悪魔になったんじゃない。自分の中に生まれた悪魔と闘い、そして負けたにすぎない。ケニーが本来持ってる優しさや、人を思いやる気持ちまでが消えたわけではないのだ。

「ケニーにはこれから先、長い刑期が待ってます。きっと彼も塀の中で、あなたのことを何度も思い出すはずです。彼には孤独で、辛く長い時間になるでしょうね」

ルイスはダグに頭を撫でられながら目を閉じた。

長く生きていると、たくさんのものを失っていく。どうでもいいものもあれば、大事なものもある。失った時に気づくものもあれば、失って時間が経ってから気づくものもある。

生まれた時はその手に何も握っていないのに、生きていくうちにいろんなものを手にして、だけど結局は多くを失ってしまう。

失いたくないなら、大事にするしかない。かけがえのない宝物だという気持ちを忘れず、いつも慈しんで育んでいくしかないのだ。

「ダグ。愛してる。君の支えに心から感謝している。一緒にいてこんなにも安心できる相手は、君が初めてだ。君を大事にする。絶対に大事にする」

まずは伝えることから始めようと思った。それこそが自分に欠けていた最たるものだから。

「ありがとうございます。俺も同じ気持ちです。……でもなんだか照れるな。今のプロポーズみたいでしたよ？」

照れて笑うダグの頬に、「そうだよ」とキスをした。

「プロポーズみたいなもの。できれば君と一緒に暮らしたい。そう思ってる」

「え……？　本当に？　じゃあ、俺、ここに越してきていいんですか？」

少しは躊躇《ちゅうちょ》するかと思ったのに、ダグは嬉しそうにそんなことを言いだした。

「構わないけど、そっちこそいいのか？　男と暮らすのって、職業柄、難しくないか？」

「ユウトだってディックと同居してるじゃないですか。ルームシェアってことにすれば、誰も変に思わないですよ。仮に変に思われても構いません。ばれたらばれた時です」

少し前まで自分がゲイかどうかわからないと悩み、男と寝たのは間違いだったと青《あお》ざめていた人間とは、同一人物とは思えない変わりようだった。

「クローゼットの前でうろうろしていたのが嘘みたい」

ぼそっと言ったら、「え?」と怪訝な顔をされた。

「今、なんて言ったんです?」

「なんでもない。愛してるって言ったんだよ」

ルイスはダグに抱きついてから、心の中でこうつけ足した。

——愛してる。愛してる。本当に困ってしまうくらいに君を愛してるんだ、ダグ。

あとがき

こんにちは、英田《あいだ》です。今回はキャラ文庫十五周年記念企画ということで、このような立派な装丁の本を出していただく運びとなりました。

まずは十五周年、おめでとうございます。十五年という長い歴史を紡いでこられた編集部の皆さまや、大勢の作家の皆さま方の頑張りと熱意に心から敬意を表します。

今回は『DEADLOCK』シリーズの外伝という位置づけのお話なので、お馴染みの面々も登場しております。主役はダグとルイスなので、あくまでも脇キャラとしての出演ですが、みんなしてふたりの恋を応援してくれそうなので力強い限りです。

このシリーズは完結後も全員サービスやフェアなどで、何かと短編を書かせていただく機会が多いものですから、そちらを読んでいらっしゃらない方のために少しご説明を。

よくご質問いただくのがディックの本名です。彼の本名はリチャード・エヴァーソン。リチャードの主な愛称はリック、リッキー、ディックなどです。ディックはリックと呼ばれていたのですが、ユウトにはこれまで通りディックと呼んでもいいと言い、ユウトはそうしています。

そして去年、書いた小冊子で、ロブとヨシュアは家族や友人たちの祝福のもと、晴れて結婚しました。家族のいないヨシュアにとって、ロブとの結婚は家族がたくさん増えるということでもあり、きっとこれからますます幸せになるのではないでしょうか。

ネトはしばらくメキシコを旅していましたが、結婚式に参加するために帰国。今回、トーニャは登場しませんでしたが、メキシカン・バーで元気に働いています。パコとの関係は……？

番外編の内容はここではすべて説明しきれませんが、みんなそれぞれ一生懸命に生きて、いつも仲間を大事にしています。その仲間にダグとルイスも加わり、ますます賑やかになりそうです。しかしあの子たちは何かにつけホームパーティーをやってますね。羨ましい（笑）。

本編に引き続き、今回もイラストをお引き受けくださった高階佑《たかしなゆう》先生、お忙しいところ、本当にありがとうございました！　まさにイメージ通りのふたりです。ルイスの陰のある美しさにうっとりし、ダグの飾り気のないイケメンぶりにグッときました。口絵のふたりも幸せそうでニヤニヤ。私もこんな素敵な家に住みたい。そしてスモーキーがもこもこで可愛い……っ。

担当さまにも心からのお礼とお詫びを……。思えば『ＤＥＡＤＬＯＣＫ』一作目からご迷惑をおかけしっぱなしですね。私の謝罪もいい加減、聞き飽きたと思いますが、本当に申し訳ありません。

読者の皆さま。最後までのおつき合い、ありがとうございました。高階先生の作画で連載中の『ＤＥＡＤＬＯＣＫ①』は、コミックスが十月に発売予定です。この本との連動企画などもございますので、ぜひあわせてよろしくお願い致します。

二〇一二年八月　英田サキ

＊本書は書き下ろしです。
＊この作品は、フィクションです。
実在の人物・団体・事件などにはいっさい関係ありません。

HARD TIME

HARD TIME
ハードタイム
DEADLOCK
外伝

HARD TIME
DEADLOCK 外伝

著者　英田サキ

2012年8月31日　初刷

発行者／川田　修
発行所／株式会社徳間書店
〒105－8055　東京都港区芝大門2－2－1
電話　048－451－5960（販売）　03－5403－4348（編集部）
振替　00140－0－44392

本文印刷／図書印刷株式会社
製本／ナショナル製本協同組合
カバー・口絵印刷／近代美術株式会社

装丁／百足屋ユウコ（ムシカゴグラフィクス）

ISBN978-4-19-863464-3